Zur Autorin dieses Buches

Eva Janssen wuchs im Kölner Friesenviertel auf. Nach ihrer Ausbildung in der Grafikabteilung des DuMont Buchverlages studierte sie Germanistik und Slawistik in Köln und am Gorki-Institut in Moskau. Im Anschluss war sie als freie Übersetzerin, Referentin und Kritikerin tätig. Heute arbeitet die Autorin als Lehrerin in der Erwachsenenbildung.

Sie ist verheiratet und hat zwei Kinder

Marienbilder

Bibliografische Information der Deutschen Nationalbibliothek:

Die Deutsche Nationalbibliothek verzeichnet diese Publikation in der Deutschen Nationalbibliografie; de-taillierte bibliografische Daten sind im Internet über http://dnb.dnb.de abrufbar.

Umschlaggestaltung: Bernhard Menzel

Herstellung und Verlag: BoD – Books on Demand, Norderstedt

ISBN: 9783751905688

Für die Toten

When I am laid, am laid in earth, may my wrongs create
No trouble, no trouble in, in thy breast.
When I am laid, am laid in earth, may my wrongs create
No trouble, no trouble in, in thy breast.
Remember me, remember me, but ah!
Forget my fate.

Remember me, but ah!
Forget my fate.
Remember me, remember me, but ah!
Forget my fate.
Remember me, but ah!
Forget my fate.

Didos Lamento von N. Tate

Die Figuren und Lebensgeschichten dieses Romans sind frei erfunden. Ähnlichkeiten mit lebenden oder verstorbenen Personen sind rein zufällig.

Teil 1

Maria S., September 1964

I.

Mama hat das Licht angelassen. Nur für sie. Mama weiß, dass ihre Maria im Dunkeln Angst hat. Mama ist lieb. Mama ist eine Königin. Maria ist ihre kleine Prinzessin.

Eine Tür quietscht unten. Es ist die Tür. Maria kennt das Geräusch. Schnell und möglichst lautlos huscht sie ins Bett und zieht die Decke über den Kopf. Die Füße sind kalt. Kalt und wie Stein. Angestrengt horcht sie unter der Decke. Fast kann sie nichts hören, der Atem ist so laut. Doch die harten Schritte auf der Holztreppe sind unverkennbar. Sie kommen näher, sind jetzt im zweiten Stock. Dann ist es still. Maria hält den Atem an. Ganz fest kneift sie die Augen zusammen. Ein kurzes Poltern. Nebenan öffnet sich die Tür zum Zimmer von Barbara. Maria hält sich die Ohren zu. So fest sie kann. Ganz still liegt sie dort unter der Decke mit den Plüschteddys darauf und den Steinzehen darunter. Sie zählt. Maria kann schon bis 100 zählen. Sie weiß, was zu tun ist. Sie muss mindestens fünfmal bis 100 zählen. Dann ist es vorbei.

Es ist schwer zu zählen, ohne die Hilfe der Finger, nur mit dem Kopf, mit dem Kopf, der nicht hören, nicht sehen, nicht atmen, nicht denken, nur zählen soll.

Viermal hat Marie bis 100 gezählt. Viermal und ein bisschen mehr. Dann hört der Kopf doch die Tür nebenan. Er kann nicht anders. Er muss doch hören, was passiert. Maria zählt nicht mehr. Sie erstarrt. Wartet. Da klingelt unten das Telefon. Die Schritte, jetzt ruhig und bestimmt, in festem Takt bewegen sich fort.

Ganz allmählich entspannt sich der kleine Körper. Nur die Füße bleiben kalt. Sie hört noch Barbaras leises Tapsen und die Tür zum Badezimmer, bevor sie schläft.

Es ist Morgen. Die Kinder sitzen am Tisch. Da sitzen Markus, Matthias, Barbara und Maria. Die kleine Elisabeth sitzt im Kinderstuhl. Draußen ist es noch dämmrig. Die Frau, die sagt, sie sei Marias Mutter, steht am Herd. Sie hat einen kleinen Kugelbauch. Seitdem sie den Kugelbauch hat, ist sie anders. Irgendwie gelöst. Sie lächelt. Die älteren Kinder müssen sich beeilen. Sie gehen schon in die Schule. Nur Maria und Elisabeth bleiben bei der Frau, die lächelt. Auf dem Tisch stehen zwei große Töpfe Marmelade und Margarine. Erdbeere und Aprikose. Wurst gibt es nur am Sonntag. Für jedes Kind eine Scheibe. Die liegt auf dem Teller jedes Kindes und man muss darauf aufpassen, darf sich nicht rumdrehen oder weggucken. Dann ist die Scheibe weg.

Jetzt nehmen Barbara und die Jungen die Ranzen, bekommen noch das Schulbrot von der Frau und verlassen die Küche.

Der Mann, der sagt, dass er Marias Vater sei, ist schon zur Arbeit gegangen. Er geht vor den

Kindern aus dem Haus, wenn es draußen noch ganz dunkel ist.

Maria B., August 1923

I.

Im St.-Johannes-Hospital in Dortmund wird am 18. August 1923 ein kleines Mädchen geboren. Es wird die Namen Maria Hedwig tragen. Maria wird ihr Leben lang diese Namen hassen und sie mehr ertragen als tragen. Weder Maria noch Hedwig gehören zu ihr. Das ist sie nicht, wird sie nie sein.

Apathisch und erschöpft verschwindet ihre Mutter nach der Geburt fast in den weißen Krankenhauskissen. Sie ist schmächtig, zu zierlich, um so kurz hintereinander zu gebären. Der große Bruder Wilhelm ist nur etwas mehr als ein Jahr älter. Ihn hat sie stolz während der gesamten Schwangerschaft mit Maria gestillt, ihren Sohn. Für das kleine Mädchen bleibt da nicht mehr viel. Schlapp und ausgezehrt sind die Brüste.

Zurück bei Mann und Sohn in der winzigen, dunklen Wohnung im Dortmunder Norden bleibt die Milch ganz aus. Vielleicht ist es auch die Anspannung, die unausgesprochene Frage, wie sie das alles allein bewältigen soll mit zwei so kleinen Kindern. Sie ist fremd hier. Immer noch.

Eine Nachbarin weiß Rat. Sie hält im Hinterhof eine Ziege. Maria wird mit Ziegenmilch großgezogen.

Der Vater, Josef B., ist hilflos. Ein stummer, unbeholfener Westfale, der seine Zuneigung nicht zu zeigen vermag. Die Kraftlosigkeit seiner Frau macht es nicht besser. Er hat sie vor drei Jahren über die Wirtin seiner Stammkneipe kennen gelernt. Dort hat der arbeitslose Buchhalter allabendlich an der Theke vor seinem Glas Bier gesessen. Die Wirtin, eine Rheinländerin, ist herzlich, patent und entwaffnend. Sie versteht es, mit all den arbeitslosen, zum Teil angetrunkenen Männern umzugehen. Pragmatisch geht sie die Hochzeit ihres Stammkunden Josef B. mit ihrer jüngsten Schwester Margarete an, die mittlerweile auch schon das 27. Lebensjahr erreicht hat. Beide, Josef und Margarete, sind zu schüchtern, als dass sie jemals auf dem Heiratsmarkt eine Chance hätten.

Margarete ist das elfte Kind eines Dorfschullehrers aus einem Ort in der Nähe von Mönchengladbach. Die große Familie ist beliebt und wird von den dort ansässigen Bauern durchgefüttert. Obwohl sie gerne die Schule weiterbesucht hätte, neugierig und wissensdurstig wie sie ist, lässt man Margarete, als das Nesthäkchen, von ihrem 14. Lebensjahr an bei der Mutter zuhause, weil diese nicht allein sein möchte. Alle anderen Geschwister, Jungen wie Mädchen, besuchen die höhere Schule. Margarete ist zwar schüchtern, weltfremd und ängstlich, da sie kaum unter Menschen kommt, dabei aber sehr fröhlich. In der Familie wird sie „die Lachtaube" genannt.

Eine Großstadt wie Dortmund hat sie noch nie gesehen. Aber der ruhige, freundliche Josef, den ihre Schwester ihr vorstellt, gefällt ihr. Außerdem ist die Alternative, als unverheiratete „alte Jungfer" bei den Eltern zu bleiben, keine. Also wird geheiratet. Ein Jahr darauf wird Wilhelm, genannt Willi, geboren.

II.

Maria steht am Fenster. Bald wird es dunkel. Es dämmert schon. Aber ganz hinten sieht sie die Umrisse des Schlosses. Dort wohnt ihre Mama. Und gleich wird ihre Mama für sie das Licht einschalten. Maria betet. Sie betet, dass ihre Mama sie bald holen kommt. Der liebe Gott hilft Menschen, wenn sie zu ihm beten. Böse Menschen bestraft er. Das hat Maria in der Kirche gelernt. Jeden Sonntag sitzen sie in der Kirche. Die Frau, die sagt, sie sei ihre Mutter, der Mann, Markus, Matthias, Barbara, Elisabeth und sie, Maria. Ganz still sitzen sie auf den Holzbänken in der Kirche. Ab und zu stehen alle auf oder knien sich auf die harten Bänke. Maria versteht nicht, wann man stehen, sitzen oder knien soll. Sie macht einfach mit. Das ist langweilig. Aber sie ist still, weil der Mann sie sonst zuhause haut. Und mit der Frau schimpft er dann ganz laut. Das hat sogar die kleine

Elisabeth begriffen. Nur manchmal wimmert sie. Aber dann fasst die Frau sie hart am Handgelenk. Ganz fest, so dass ein Streifen zurückbleibt.

Der Pfarrer steht am Ende an der Tür und spricht ganz freundlich mit dem Mann. Die Frau und die Kinder warten.

Bald muss Maria nicht mehr dort stehen und warten. Denn dann kommt ihre Mama. Ihre richtige Mama und holt sie in das Schloss. Maria wurde nämlich bei der Geburt vertauscht. Das weiß sie ganz bestimmt. Und der liebe Gott weiß das auch. Und ihre Mama weiß das auch. Ihre Mama ist eine Königin. Das sieht man an dem Schloss. Und Maria ist eine Prinzessin. Das darf sie nur niemandem verraten. Das ist ihr Geheimnis. Aber bald werden es alle erfahren. Nämlich, wenn ihre Mama sie holt. Ihre Mama hat nur noch keinen richtigen Weg gefunden, Maria zu holen. Dafür gibt sie ihr aber Zeichen.

Sie macht abends am Fenster das Licht an für Maria.

Und wenn Maria viel betet, dann wird alles gut.

Unten im Tal geht ein Licht an. Hell erleuchtet ist ein Fenster des Schlosses.
Für Maria.

Maria B., Weihnachten 1928

II.

Sie haben nicht viel, aber es ist sehr gemütlich, wie sie alle so zusammen im Wohnzimmer sitzen. Der Ofen bullert. Die Kinder hocken auf dem Teppich und spielen mit ihren Geschenken. Willi hat eine kleine Eisenbahn bekommen. Für Maria, die seit ihrer Geburt von allen „Mieze" oder noch zärtlicher „Miezgen" genannt wird, hat das Christkind Puppenmöbel gebracht, die genauso aussehen, wie die großen Möbel in der Küche. Ihr Vater hat die Möbel im Keller des Hauses über Wochen selbst geschreinert. Aber das begreift Mieze erst, als sie älter ist. Die Stuhlpolster und Vorhänge vor dem Küchenschrank hat ihre Mutter genäht. Die Eltern sitzen zusammen auf dem Sofa und halten sich bei den Händen. Zufrieden betrachten sie ihre Kinder. Miezes Mutter lächelt still und auch ein bisschen müde.

Vor der Bescherung waren sie alle vier in der Kirche. Miezes Mutter ist sehr fromm. Sie betet viel. Eine katholische Rheinländerin. Wenn sie etwas verloren hat, betet sie so lange zum heiligen Antonius, dem

Schutzheiligen für verlorene Dinge, bis ihr wieder einfällt, wo sie den vermissten Gegenstand zuletzt gesehen hat.

Miezes Vater wird grantig, wenn er mit in die Kirche gehen soll. Er hält nicht viel von dem ganzen Brimborium. An Sonntagen geht er gewöhnlich nicht mit. Aber an Weihnachten gehen sie alle gemeinsam zur Messe. Mieze liebt das. Sie liebt die kirchlichen Zeremonien, den Weihrauch, die Orgel, die andächtige Atmosphäre, die ganze sinnliche Palette der katholischen Kirche. Das fremde Latein des Pastors klingt wie geheimnisvolle Beschwörungsformeln. Alle singen laut und getragen. Wo sonst darf man öffentlich laut singen, ohne belächelt zu werden? Den Pastor mag Mieze auch. Er ist freundlich zu Kindern.

An Sonntagen predigt er in den kommenden Jahren immer dröhnender, eindringlicher und voller Pathos. Er wird die Gemeinde davor warnen, Hitlers „Mein Kampf" zu lesen. Das sei Teufelswerk. Miezes Mutter nimmt diese Warnung sehr ernst. Auch wenn alle Nachbarn viel über dieses Buch, einen Bestseller, reden. Sie wird es nicht anrühren. Und es wird sich nie im Haushalt der Familie B. finden. Jahre später als erwachsene Frau wird Maria das gut gemeinte Verhalten des Pastors sowie das ihrer Eltern als einen Fehler kritisieren. Während die im Dortmunder Norden um sie herum lebenden Kommunisten politisch informiert und vorbereitet sind und die Vorhaben der Nazis realistisch einschätzen können, bleiben ihre unpolitischen Eltern in ihrer Naivität gefangen und schlittern unversehens und ahnungslos in die Katastrophe der Naziherrschaft.

Aber jetzt, Weihnachten 1928, herrscht noch Frieden. Wenn auch die Unruhen auf den Straßen zunehmen und die Zahl der Arbeitslosen stetig steigt. Auch Josef B. ist nach wie vor von Arbeitslosigkeit betroffen.

Trotz existentieller Sorgen sitzen sie zufrieden beieinander, nachdem sie das bescheidene Weihnachtsessen genossen haben. Margaretes Schwester hat ihnen Lebensmittel zukommen lassen. Mit der Kneipe haben sie und ihr Mann ihr Auskommen. In schlechten Zeiten wird gerne getrunken.

Und während die Kerzen herunterbrennen, die Kinder auf dem Teppich spielen, die Eltern sich bei den Händen halten, ruhig und zufrieden, ist die Zukunft ausgesperrt aus diesem Raum.

III

Maria hat heute Geburtstag. Sie ist 7 Jahre alt geworden. Es ist schon Abend. Der Tag war schön. Langsam zieht Maria das Nachthemd an. Die Geschenke liegen auf dem Schreibtisch: eine Puppe, ein Buch und ein neuer Pullover. Maria weiß, dass die Puppe einmal Barbara gehört hat. Jetzt hat die Puppe eine neue Frisur und neue Kleider. Die Mutter hat die Puppe für sie so schön hergerichtet. Sie hat auch den Pullover für Maria gestrickt. Er hat Marias Lieblingsfarbe: Blau. Inzwischen weiß Maria, dass sie nicht vertauscht wurde. Das hat sie sich nur ausgedacht. Warum, weiß sie selber nicht. Aber jetzt ist sie ja schon ein großes Schulkind und glaubt nicht mehr an solche Märchen.

Es gab heute auch Kuchen. Maria lächelt. Es gibt nicht oft Kuchen. Die Mutter hat ihr über den Kopf gestreichelt. Auch das gibt es nicht oft. Wenn der Vater nicht da ist, ist die Mutter freundlicher. Sie und Marias Geschwister haben ein Geburtstagslied gesungen und Maria durfte die Kerzen auspusten. Natürlich hat die kleine Andrea nicht mitgesungen. Das kann sie ja noch gar nicht. Aber sie war dabei. Sie hat auf dem Schoß von Mutter gesessen und lustig gebrabbelt.

Maria nimmt das Buch mit ins Bett. Ein großer blauer Wal ist darauf zu sehen. Maria mag Tiere gern. Die Familie hat eine Katze. Aber die ist nicht zum Streicheln. Sie soll Mäuse abhalten, sagt der Vater. Sie gehört nicht ins Haus. Maria streichelt die Katze heimlich und spricht mit ihr.

Unten geht eine Tür. Die Treppenstufen knarzen unter schweren Schritten. Buch weg, Licht aus. Kopf unter die Decke. Körper steif. Steinfüße. Finger verkrallt. Aber das hilft nicht. Laut poltert die Tür. „Wo ist denn mein Geburtstagskind, meine Goldmarie?", lallt die Stimme. Der Geruch steht im Zimmer. Zäh, dick. Die Matratze biegt sich unter dem schweren Gewicht nach unten.

Etwas grapscht unter der Decke nach ihr. „Meine Goldmarie!", klingt es heiser. Der Gestank quillt mit der Hand unter das Hemd. Dampft säuerlich. Die Matratze quietscht. Kein Geräusch sonst auf der Welt. Quietschen, dumpfes Ächzen, stechender Dunst. Maria würgt. zählt. eins, zwei … maria … drei, vier… verschwindet … fünf sechs sieben acht neun zehn elf zwölf dreizehn vierzehn fünfzehn sechszehn siebzehn achtzehn

neunzehnzwanzigeinundzwanzigzweiundzwan zigdreiundzwanzigvierundzwanzigfünfundzwan zigsechsundzwanzigsiebenundzwanzigachtund zwanzigneunundzwanzigdreißigeinunddreißig zweiunddreißigdreiunddreißigvierunddreißig fünfunddreißigsechsunddreißigachtunddreißig neununddreißigvierzigeinundvierzigzweiundvier zigdreiundvierzigvierundvierzigfünfundvierzig sechsundvierzigsiebenundvierzigachtundvier zigneunundvierzigfünfzigeinundfünfzigzweiund fünfzigdreiundfünfzigvierundfünfzigfünfundfünf zigsechsundfünfzigsiebenundfünfzigachtund fünfzigneunundfünfzigsechzigeinundsechzig

zweiundsechzigdreiundsechzigvierundsechzig

fünfundsechzigsechsundsechzigsiebenundsech

zigachtundsechzigneunundsechzigsiebzigein

undsiebzigzweiunsiebzigdreiundsiebzigvierund

siebzigfünfundsiebzigsechsundsiebzigsieben

undsiebzigachtundsiebzigneunundsiebzigacht

zigeinundachtzigzweiundachtzigdreiundacht

zigvierundachtzigfünfundachtzigsechsundacht

zigsiebenundachtzigachtundachtzigneunund

achtzigneunzigeinundneunzigzweiundneunzig

dreiundneunzigvierundneuzigfünfundneunzig

sechsundneunzigsiebenundneunzigachtundneu

nzigneunundneunzighundertestutsowehmaria

kriegtkeineluftEINSZWEIDREIVIERFÜNFSECHS

SIEBENACHTNEUNZEHNELFZWÖLFDREIZEHN

VIERZEHNFÜNFZEHNSECHZEHNSIEBZEHN

ACHTZEHNNEUnzehnzwanzigeinundzwanzigzw

eiundzwanzigdreiundzwanzigvierundzwanzig

fünfundzwanzigsechsundzwanzigsiebenund

zwanzigachtundzwanzigneunundzwanzigdrei

ßigeinunddreißigzweiunddreißigdreiunddreißig

vierunddreißigfünfunddreißigsechsunddreißig

achtunddreißigneununddreißigvierzigeinundvier

zigzweiundvierzigdreiundvierzigvierundvierzig

fünfundvierzigsechsundvierzigsiebenundvierzig

achtundvierzigneunundvierzigfünfzigeinundfünf

zigzweiundfünfzigdreiundfünfzigvierundfünfzig

fünfundfünfzigsechsundfünfzigsiebenundfünfzig

achtundfünfzigneunundfünfzigsechzigeinund

sechzigzweiundsechzigdreiundsechzigvierunds

echzigfünfundsechzigsechsundsechzigsieben

undsechzigachtundsechzigneunundsechzigsieb

zigeinundsiebzigzweiundsiebzigdreiundsiebzig

vierundsiebzigfünfundsiebzigsechsundsiebzig

siebenundsiebzigachtundsiebzigneunundsieb

zigachtzigeinundachtzigzweiundachtzigdreiund

achtzigvierundachtzigfünfundachtzigsechsund

achtzigsiebenundachtzigachtundachtzigneun

undachtzigneunzigeinundneunzigzweiundneun

zigdreiundneunzigvierundneunzigfünfundneun

zigsechsundneunzigsiebenundneunzigachtund

neunzigneunundneunzighunderteinszweidreivie

rfünfsechssiebenachtneunzehnelfzwölf

dreizehnvierzehnfünfzehnsechszehnsiebzehna

chtzehnneunzehnzwanzigeinund

zwanzigzweiundzwanzigdreiundzwanzigvierun

dzwanzigfünfundzwanzigsechsund

zwanzigsiebenundzwanzigachtundzwanzigneun

undzwanzigdreißigeinunddreißig

zweiunddreißigdreiunddreißigvierunddreißigfün

funddreißigsechsunddreißigachtund

dreißigneununddreißigvierzigeinundvierzigzwei

undvierzigdreiundvierzigvierundvier

zigfünfundvierzigsechsundvierzigsiebenundvier

zigachtundvierzigneunundvierzigfünfzigeinundf

ünfzigzweiundfünfzigdreiundfünfzigvierundfünf

zigfünfundfünfzigsechsundfünfzigsiebenundfünf

zigachtundfünfzigneunundfünfzigsechzigeinund

sechzigzweiundsechzigdreiundsechzigvierunds

echzigfünfundsechzigsechsundsechzigsiebenu

nd

sechzigachtundsechzigneunundsechzigsiebzige

inundsiebzigzweiundsiebzigdreiund

siebzigvierundsiebzigfünfundsiebzigsechsundsi

ebzigsiebenundsiebzigachtundsieb

zigneunundsiebzigachtzigeinundachtzigzweiund

achtzigdreiundachtzigvierundachtzigfünfundach

tzigsechsundachtzigsiebenundachtzigachtunda

chtzigneunundachtzig

neunzigeinundneunzigzweiundneunzigdreiundn

eunzigvierundneunzigfünfundneun

zigsechsundneunzigsiebenundneunzigachtundn

eunzigneunundneunzighunderteins

zweidreivierfünfsechssiebenachtneunzehnelfz

wölfdreizehnvierzehnfünfzehnsechs

zehnsiebzehnachtzehnneunzehnzwanzigeinund

zwanzigzweiundzwanzigdreiund

zwanzigvierundzwanzigfünfundzwanzigsechsu

ndzwanzigsiebenundzwanzigachtundzwanzigne

ununddzwanzigdreißigeinunddreißigzweiunddrei

ßigdreiunddreißigvierund

dreißigfünfunddreißigsechsunddreißigachtundd

reißigneununddreißigvierzigeinund

vierzigzweiundvierzigdreiundvierzigvierundvier

zigfünfundvierzigsechsundvierzig

siebenundvierzigachtundvierzigneunundvierzigf

ünfzigeinundfünfzigzweiundfünfzig

dreiundfünfzigvierundfünfzigfünfundfünfzigsech

sundfünfzigsiebenundfünfzigachtundfünfzigneu

nundfünfzigsechzigeinundsechzigzweiundsechz

igdreiundsechzigvierund

sechzigfünfundsechzigsechsundsechzigsiebenu

ndsechzigachtundsechzigneunund

sechzigsiebzigeinundsiebzigzweiundsiebzigdrei

undsiebzigvierundsiebzigfünfund

siebzigsechsundsiebzigsiebenundsiebzigachtun

dsiebzigneunundsiebzigachtzigein

undachtzigzweiundachtzigdreiundachtzigvierun

dachtzigfünfundachtzigsechsundachtzigsiebenu

ndachtzigachtundachtzigneunundachtzigneunzi

geinundneunzigzweiund

neunzigdreiundneunzigvierundneunzigfünfundn

eunzigsechsundneunzigsiebenund

neunzigachtundneunzigneunundneunzighunder

teinszweidreivierfünfsechssieben

achtneunzehnelfzwölfdreizehnvierzehnfünfzeh

nsechszehnsiebzehnachtzehnneun

zehnzwanzigeinundzwanzigzweiundzwanzig

dreiundzwanzigvierundzwanzigfünfundzwanzig

sechsundzwanzigsiebenundzwanzigachtund

zwanzigneunundzwanzigdreißigeinunddreißig

zweiunddreißigdreiunddreißigvierunddreißig

fünfunddreißigsechsunddreißigsiebenunddrei

ßigachtunddreißigneununddreißigvierzigeinund

vierzigzweiundvierzighdreiundvierzigvierund

vierzigfünfundvierzigsechsundvierzigsiebenund

vierzigachtundvierzigneunundvierzigfünfzigein

undfünfzigzweiundfünfzigdreiundfünfzigvierund

fünfzigfünfundfünfzigsechsundfünfzigsiebenund

fünfzigachtundfünfzigneunundfünfzigsechzigein

undsechzigzweiundsechzigdreiundsechzigvier

undsechzigfünfundsechszigsechsundsechzig

siebenundsechzigachtundsechzigneunund

sechszigsiebzigeinundsiebzigzweiundsiebzig

dreiundsiebzigvierundsiebzigfünfundsiebzig

sechsundsiebzigsiebenundsiebzigachtundsieb

zigneunundsiebzigachtzigeinundachtzigzweiund

achtzigdreiundachtzigvierundachtzig ---

Es ist still. Die Matratze biegt sich nach oben. Es quietscht noch einmal. Der Mann schnäuzt sich. Die Hose raschelt. Die Tür geht.

Maria liegt. Wartet.

Die Steinfüße bewegen sich zum Badezimmer.

Warmes Wasser läuft über Maria. läuft, läuft, läuft…

Maria B.,

III. Sommer 1929

Mieze und ihr großer Bruder Willi sind zum ersten Mal von zuhause fort. Einen Tag hat die Reise von Dortmund nach Mützenich in die Eifel zu ihrem Onkel, einem Bruder ihrer Mutter, gedauert. Er ist der ortsansässige Pastor. Eine seiner zahlreichen Schwestern führt ihm schon seit Jahren den Haushalt. Auch wenn es sich um Verwandte handelt, ist es für die Kinder ein bisschen unheimlich zu Leuten zu fahren, die sie nur von alten Fotos kennen und sonst noch nie gesehen haben. Zwar werden sie von ihrer Tante, der Kneipenwirtin, gebracht. Diese fährt aber schon am nächsten Tag zurück nach Dortmund und lässt Mieze und Willi für die Zeit der Sommerferien in der Obhut ihrer Geschwister.

Die letzte Strecke nach Mützenich sind sie mit einem Pferdefuhrwerk gefahren, was Mieze geradezu begeistert. Der ländliche Geruch von Heu und Kuhdung hat es ihr angetan. Sie fühlt sich, als sei sie angekommen. Aber das liegt vielleicht auch am ständigen Heimweh ihrer Mutter, die ihr täglich mit dem Gutenachtkuss ihre eigenen Sehnsüchte einflößt: „Kind, wennde jroß bes, jehste zerück in et Rheinland!". Wie eine Beschwörungsformel wirkt sich dieser Satz auf die kleine Mieze aus. Und während ihre Mutter ein Leben lang nicht mehr ins Rheinland zurückkehren wird, wird Maria, kaum dass sie das Elternhaus verlassen hat, ins Rheinland ziehen und sich immer als Rheinländerin fühlen, obwohl sie in Dortmund geboren wurde.

Die Pferde und anderen Tiere auf dem Land interessieren Willi, Miezes großen Bruder, nicht im Geringsten. Die Hunde jagen dem schüchternen Jungen sogar Angst ein. Er kann sie nicht verscheuchen, denn er stottert. Ein schneller Befehl ist da nicht möglich. Das übernimmt seine kleine Schwester für ihn. Sie ist im sozialen Umgang die handfestere von beiden und übersetzt und spricht für Willi, der sich nicht traut.

Willi fasziniert auf ihrer Reise die Eisenbahn. Überhaupt interessiert ihn alles Technische. Zuhause schraubt er auseinander, was ihm unter die Finger kommt, und experimentiert mit den unterschiedlichsten Stoffen. Neulich hat er fast das ganze Haus in Brand gesetzt. Mit der Schuhwichse in der Hand hat er seine kleine Schwester gefragt: „S S So Solln w w wir m m ma g g gu gu guck gucken, o o ob d d das br br bren nt?" Und es hat gebrannt. Experiment geglückt. Eine Stichflamme schießt hoch und flämmt die gerade neu angebrachte Tapete im Wohnzimmer an. Und auch wenn ihre Mutter ein ängstliches, verhuschtes Wesen ist, so ist sie doch reaktionsschnell und pragmatisch, was alltägliche Handlungen im Haushalt angeht. Mit einem feuchten Scheuerlappen schlägt sie die Flammen nieder. Erst hinterher beginnt sie zu zittern. Die weinenden Kinder nimmt sie in den Arm. Die Geschwister werden von ihren Eltern nie geschlagen. Aber ihre Mutter ist nach dem Löschen des Feuers verzweifelt, als sie den Schaden realisiert, den Willis Versuch verursacht hat. Das ist für die Kinder beschämender als eine Strafe. Die Renovierung des Wohnzimmers hat Geld gekostet, wenn auch nicht viel. Aber die Familie ist arm. Und auch geringe Kosten sind zu hohe Kosten.

Mit dem Experimentieren hört Willi trotzdem nicht auf. Geräte schraubt er auf, zerlegt sie in ihre

Bestandteile, untersucht diese auf das Genaueste, säubert sie und setzt sie wieder zusammen. Als junger Mann und Erwachsener wird er kaputte Apparate, Fahrzeuge aller Art und Maschinen reparieren können, ohne je deren Aufbau und physikalische Funktionen theoretisch studiert zu haben. Mieze bewundert ihren großen Bruder, der so geschickt ist.

Im Gegensatz zu Mieze langweilt Willi das Landleben in Mützenich. Der Pastor, sein Onkel, ist streng und prüde. Trotz hoher sommerlicher Temperaturen dürfen die Kinder sich nicht ausziehen und im Garten des Pastorenhauses mit Wasser plantschen. Nacktheit ist für den Geistlichen an sich schon eine Sünde. Seine Schwester, die ihm seit Jahren den Haushalt führt, sieht das anders. Kaum verlässt der Herr Pastor das Haus, treibt sie die Kinder an, sich schnell zu entkleiden und spritzt die vor Freude quietschenden Nackedeis von oben bis unten mit der Gießkanne nass. Bei der Rückkehr des Hausherrn sitzen zwei verdächtig unschuldig dreinblickende Kinder in der Küche und spielen „Mensch ärgere dich nicht". Ihre Tante hat ihnen eingebläut, ihrem Bruder ja nichts über den „Tanz der Nackedeis" zu verraten. Und gerade diese Heimlichkeiten machen den Reiz dieser Sommerferien für Mieze aus. Das Haus hat zwei Gesichter: das des strengen und frommen Pastors, bei dem man still, gerade und sittsam am Tisch sitzen und ein Gebet sprechen muss, und das der erfinderischen und lebenslustigen Tante, bei der man sich – sobald der Hausherr unterwegs ist – verkleidet, laut und albern singt oder den „Tanz der Nackedeis" aufführt. Es ist diese ausgelassene Anarchie, die Mieze anzieht und ihre Phantasie beflügelt.

Der einzige Reiz, den die Ferien für Willi haben, ist die Tatsache, dass er schulfrei hat. Denn Willi mag die Schule nicht. Mit seinem Stottern läuft er dauernd Gefahr ausgelacht zu werden. Außerdem lernt Willi nicht gerne, zumindest nicht eingeklemmt hinter einer harten Holzbank und nur mit dem Kopf, während seine Hände untätig auf dem Pult liegen sollen. Für ihn bilden Kopf und Hände beim Lernen eine Einheit. Mieze mag die Schule. Sie lernt gern.

Es gibt noch etwas, was dem kleinen Willi keine Ruhe lässt. Es sind die Fahrten mit der Eisenbahn auf ihrem Hin- und Rückweg, die ihn mehr begeistern, als alles, was er bisher gesehen und erlebt hat. Und dieses einschneidende Erlebnis wird ihn nicht mehr loslassen. Willi will unbedingt Lokomotivführer werden, wenn er groß ist.

Andere Reisen finden im Leben der beiden Kinder nicht statt – mit Ausnahme der Weltreisen im Atlas. Miezes Mutter unternimmt diese Reisen mit ihrer kleinen Tochter. Sie ist eine leidenschaftliche Leserin von Reiseberichten aller Art. Mit dem Finger zieht sie geheimnisvolle Spuren über Berge, Täler, Flüsse und Meere in ihrem großen Atlas. Dabei erzählt sie die passenden Geschichten zu den fernen Ländern, die sie gemeinsam mit dem Finger durchwandern. In der Realität wird Miezes Mutter niemals andere Länder kennen lernen. Der Anblick des Meeres bleibt ein Traumbild ihrer Phantasie.

Maria S., November 1966

IV.

Heute hat Maria als erste in der Schule die Mathematikaufgaben gelöst. Der Lehrer hat sie gelobt. Maria ist stolz. Zuhause möchte sie das der Mutter erzählen. Aber die hat keine Zeit. Sie bereitet etwas für das Gemeindefest vor. Bald ist St. Martin. Die Mutter macht viel in der Gemeinde. Zusammen mit der Tante. Die Tante ist Vaters Schwester. Sie wohnt im Nachbarhaus. Die Tante ist sehr fromm. Und streng. Sie findet, Kinder brauchen eine harte Hand. Den Vater bestärkt sie, wenn er Marias Brüder schlägt.

Maria sitzt in ihrem Zimmer. Die Brüder haben keine eigenen Zimmer. Nur die Mädchen. Der Vater wollte es so. Die Zimmer sind nicht groß. Es sind kleine Kammern unter dem Dach. Aber bald wird die kleine Andrea auch ein eigenes Bett brauchen. Dann kommt sie zu Barbara oder Maria ins Zimmer, hat die Mutter heute beim

38

Frühstück gesagt. Denn noch eine Kammer gibt es nicht im Haus. Im Moment schläft Andrea noch bei den Eltern. Der Vater hat gebrummt. Maria hat den Atem angehalten. Sie hat sich gewünscht, dass Andrea zu ihr ins Zimmer kommt. Aber dann hat sie Barbaras Blick gesehen. Die große Schwester ist immer fixer mit dem Mund als Maria. Schnell hat sie gesagt, Andrea könne zu ihr ins Zimmer kommen. Sie würde auf sie aufpassen. Die Mutter hat das vernünftig gefunden und der Vater hat nicht widersprochen.

Maria sitzt in ihrem Zimmer. Es ist schon dunkel. Eigentlich soll sie schon im Bett sein. Ihr Nachthemd hat sie schon angezogen. Aber sie will noch nicht schlafen. Sie muss nachdenken. Unten geht die Tür. Dann die Schritte.

Steif liegt Maria jetzt unter der Decke. Die Augen fest zugekniffen. Die Schritte poltern an Barbaras Tür vorbei. Der Körper wird zu Stein wie die Füße. Die Schritte poltern an Marias Tür vorbei. Nebenan quietscht die Tür.

NEINNEIN!! NICHTELISABETH!!

Maria springt auf. Fäuste geballt. Barbara fängt sie auf. Sie hat schon im dunklen Flur gestanden. Sie sieht Maria nicht an. Hält ihre Hand fest. Sie horchen. Halten den Atem an. Ein leises Wimmern dringt aus der Kammer. Dazu das Ächzen. Maria schluchzt auf. Barbara hält ihr den Mund zu. Dann schiebt sie Maria sanft in das Zimmer zurück.

Maria B., Sommer 1931

IV.

Im Frühsommer 1930 hat die siebenjährige Mieze ein tiefgreifendes Erlebnis, das bestimmend für ihr ganzes weiteres Leben sein wird. Ihr Vater nimmt sie mit ins Theater, in eine Kindervorstellung.

Josef B. liebt das Theater, und obwohl die Familie nur wenig Geld hat – Josef ist immer noch arbeitslos und verdient nur ab und zu ein wenig mit Gelegenheitsarbeiten – besucht er regelmäßig Theatervorstellungen. Seine Frau Margarete, Miezes Mutter, ist zu ängstlich, um ihn zu begleiten. Das Theater ist nur ein weiterer beängstigender Teil des Großstadtlebens, das sie verschreckt. Im Übrigen genießt der eigenbrötlerische Josef seine kleinen Fluchten in die Welt der Kunst. Hat sich erst einmal der rote Samtvorhang mit einem leisen Rauschen aufgetan, vergisst er sein Elend, das lähmende Gefühl, versagt zu haben, als Familienvater Frau und Kinder nicht ernähren zu können. Er vergisst die Demütigungen, den Dunst der Kohlsuppe, die nach Armut riecht, und die Wohnung nicht verlassen will.

Er vergisst die brutalen Straßenkämpfe in seinem Viertel, denen er sich entzieht, er vergisst die bedrückende, bedrohliche Atmosphäre, die täglich in der Luft liegt, die jeder noch so alltäglichen Handlung anzuhaften scheint, ihn hilflos macht und der er sich nicht zu widersetzen weiß. Auch im Theater toben Kämpfe, fließt das Blut, gibt es Tote. Doch hier ist alles künstlerisch verpackt, ästhetisch dargeboten. Hier ist selbst der Schmutz erhaben über den Alltag, der ihn draußen erwartet.

Seiner kleinen Tochter möchte er eine Freude machen. Instinktiv nimmt er sie mit in die Vorstellung und nicht seinen Sohn Willi, der an diesem Nachmittag mit einem Freund verabredet ist. Vielleicht spürt er, dass er in ihr eine Verbündete haben wird.

Mieze bestaunt die Theaterräume. Schon der mit einem schweren Vorhang versehene Eingang, durch den sich das schmächtige Mädchen kaum hindurchschieben kann, lässt erahnen, dass hinter ihm Geheimnisse warten. In der Kneipe ihrer Tante hängt auch ein Vorhang am Eingang, der über die Fliesen schleift, wenn man die Tür öffnet. Aber der ist schmuddelig und ranzig, von vielen verschwitzten Fingern schon ganz abgegriffen. Dieser Vorhang hingegen erscheint majestätisch. Er schimmert in einem nicht definierbaren Violett und ist mit Sternen bestickt. Im Vorraum, wo ihr Vater die Eintrittskarten kauft, schnuppert Mieze. Es riecht eigenartig, nach etwas Unbekanntem. Sie mag den Geruch auf Anhieb.

Im dunklen Zuschauerraum spürt Mieze ein Kribbeln in sich aufsteigen, das ihren ganzen Körper erfasst. Der Vorhang schiebt sich auf und sie ergreift die Hand ihres Vaters. Mieze hat keine Angst. Es ist nur so, dass sie nicht weiß, wohin mit ihrer Anspannung. Musik ertönt und dann erscheint ein bunt gekleidetes Männlein auf der Bühne. Dass das die Bühne ist, hat ihr Vater ihr vorher erklärt, als es noch hell war und sie auf den schicken Plüschsesseln Platz genommen haben.

Das Männlein singt und tanzt und hinter ihm erscheint eine imposante Gestalt, eine Königin in glitzernden Kleidern und Geschmeide. Sie spricht zu einem Spiegel, der mit lauttönender Stimme antwortet. Nie zuvor hätte Mieze gedacht, dass Wörter so klingen können! So wunderbar, so berauschend schön! Dass Wörter so glücklich machen, dass man zerspringen könnte! Sie hat nicht gewusst, dass so eine verwunschene und doch klare Welt in der Welt, wie sie sie bisher kannte, überhaupt existiert. Und sie taucht hinein in diese Welt, versinkt völlig, wird ein Teil von ihr.

Völlig benommen stolpert sie nach der Vorstellung an der Hand ihres Vaters aus dem Theater. Auf seine Frage, ob es ihr denn gefallen habe, kann sie kaum antworten. Aber er sieht ihren geröteten Backen und ihrem Lächeln an, wie tief beeindruckt sie ist.

Wie ein Geheimnis, eine Kostbarkeit, trägt Mieze von nun an diesen Theaterbesuch in sich. Eine neue Dimension hat sich ihr eröffnet. Dort muss sie hin! In dieser Welt wird sie leben. Das steht fest. Sie will Schauspielerin werden.

Maria S., Frühjahr 1967

V.

Maria darf bei einem Osterspiel der Schule mitmachen. Sie wird ein Osterhäschen sein. Wie ein paar andere Kinder auch. Von Strauch zu Strauch sollen sie hüpfen und Eier verstecken. Eine Erzählerin liest die Ostergeschichte vor. Von Jesus Auferstehung und der Erlösung aller Menschen durch seinen Tod.

Zwischen den Geschichten singt der Chor der Volksschule. Die Häschen hüpfen dabei munter umher. Das soll ganz natürlich aussehen, hat die Lehrerin gesagt. Die Dekoration hat Marias Klasse gebastelt. Das war viel Arbeit. Die bunten Eier, die in dem Körbchen liegen, hat Maria alle allein angemalt. Aber das Kostüm hat die Mutter genäht. Das ist etwas ganz Besonderes. Denn sonst hat die Mutter nie so viel Zeit nur für ein Kind. Maria ist stolz und glücklich.

Gleich geht es los. Marias Familie sitzt weit vorne. Die Mutter und die Geschwister. Der

Vater nicht. Er mag kein Theater. Aber der Pastor ist da. Denn die Aufführung ist im Pfarrheim. Vorher waren alle in der Messe. Auch der Vater. Denn die Messe ist Pflicht für jeden guten Christen, sagt er.

Jetzt öffnet sich der Vorhang. Die Lehrerin beginnt zu lesen. Sie hat eine schöne Stimme. Sie liest ganz langsam. Wie Maria Magdalena und die anderen Frauen zum Grab von Jesus gehen. Wie ihnen ein Engel erscheint. Zuerst haben die Frauen Angst. Der Engel rollt den Stein fort. Den Stein vor dem Grab von Jesus. Maria hört zu. Sie liebt Jesus. Er ist gut. Er liebt alle Menschen. Auch Maria. Maria hockt hinter einem Pappstrauch. Das Körbchen mit den Eiern fällt hin. Maria hält die Hände vor das Gesicht. Vorsichtig schaukelt sie hin und her. Ganz weit weg ist jetzt Musik. Maria schaukelt, schaukelt, schaukelt.

Jemand reißt ihr die Hände vom Gesicht. Die Lehrerin hockt vor ihr. Maria guckt sich um. Alle

Menschen sind weg. Im Zuschauerraum sind noch ein paar Kinder im Kostüm. Sie starren Maria an.

Am Abend schimpfen Mutter und Vater. Sie schämen sich für Maria. Was sollen die Leute denken? Was wird der Pastor sagen? Zur Strafe muss Maria ohne Abendessen ins Bett gehen.

Maria B. Frühjahr 1932

V.

Wenn Mieze und Willi aus der Schule kommen, schickt ihre Mutter sie regelmäßig zu ihrer Schwester in die Kneipe. Dort bekommen sie einen Teller Suppe. Ihre Mutter sagt den Kindern immer, sie selbst habe bereits gegessen. Später als erwachsene Frau wird Marie begreifen, dass ihre Mutter gehungert hat, dass sie nichts zum Kochen im Haus hatte. Ihre beiden Kinder schickt sie regelmäßig zu ihrer Schwester, weil sie weiß, dass sie dort sicher etwas zu essen bekommen werden. Sie selbst ist zu stolz, ihre Schwester um Unterstützung zu bitten. Sie schämt sich ihrer Armut.

Wo der Vater tagsüber ist, wissen die Kinder nicht. Ist er unterwegs, auf der Suche nach Arbeit? Oder sitzt er irgendwo in Dortmund in einer Kneipe und betäubt seinen Kummer? Stiehlt er Brennmaterial für die Öfen? Seine Frau zumindest vermisst ihn. Sie fühlt sich oft einsam. Und wenn die Einsamkeit zu weh tut, streut sie ein paar Tabakkrümel auf die Ofenplatte, weil der Geruch ihr das Gefühl gibt, ihr Mann sei zuhause.

In der Kneipe ihrer Tante sitzen Willi und Mieze in einer Nische und lauschen den hitzigen Debatten der Männer am Stammtisch. Dort geht es immer hoch her. In einer dicken Wolke von Tabakqualm sitzen sie vor ihren Biergläsern und schimpfen auf den „Marionetten-Paul", auf die Braunhemden, auf die Industriellen, die Geldsäcke und Ausbeuter. Mieze findet es gemütlich, dort zu sitzen und ihre Suppe zu löffeln. Sie lauscht den Gesprächen, ohne deren Inhalt zu erfassen. Es sind Journalisten, Arbeiter, Arbeitslose, die dort sitzen. Immer dieselben. Einen von ihnen mag Mieze besonders gern, weil er immer sehr freundlich zu den Geschwistern ist. Er ist ein langer Lulatsch mit lustigen Augen, mit denen er Willi und Mieze zuzwinkert. Mieze weiß von ihrer Tante, dass er bei einer Zeitung arbeitet. Die Tante meint, er lebe gefährlich und sei zu unvorsichtig, was Mieze, klein, wie sie ist, nicht versteht. Was kann am Schreiben gefährlich sein? Die Abenteurer, von denen ihre Mutter, über den Atlas gebeugt, erzählt, Seefahrer, die die Welt bereisen und andere Völker kennen lernen, die den Dschungel oder die sieben Weltmeere erforschen, die leben gefährlich, aber ein Mann aus

Dortmund, der mit seinen Freunden am Stammtisch Bier trinkt? Wie kann der in Gefahr sein? Am Tag von Hitlers Ernennung zum Reichskanzler durch Hindenburg, am 30. Januar 1933, wird der Journalist sich auf dem Dachboden seines Mietshauses erhängen. Mieze wird es nur durch eine kurze, geflüsterte Bemerkung am Stammtisch erfahren, wo die Männer mit ernsten Gesichtern und ungewohnt still zusammensitzen. Sie wird es nicht verstehen und erst als erwachsene Frau einordnen können. Vorerst spürt sie nur die beunruhigende Stimmung und die beklemmende Angst der Erwachsenen: wenn z.B. ihre Mutter mit ihr hastig in eine Seitenstraße abbiegt beim Erscheinen grölender Horden von Männern mit Hakenkreuzen, oder als die Synagogen brennen und ihre Eltern die Tür von innen abschließen, oder als die Mutter ihrer besten Freundin Anita sie wegschickt mit den Worten: „Du kommst jetzt besser nicht mehr zu uns!" Dabei schaut Anitas Mutter sie mit einem entschlossenen und unendlich traurigen Blick an, der keinen Widerspruch duldet. Die Haustür hält sie demonstrativ geschlossen, öffnet sie nicht, wie sonst, mit einem herzlichen Willkommensgruß. Und so stolpert Mieze erschrocken und hilflos durch das dunkle Treppenhaus zurück auf die Straße. Sie stellt zuhause keine Fragen, weil sie instinktiv spürt, dass Fragen nach Anitas Familie tabu sind. Aber sie begreift nicht, warum sie Anita nicht mehr treffen soll. Anita, mit der sie den Traum von der Bühne teilt, möchte Balletttänzerin werden. Ihre Mutter hat ihr ein wunderschönes Tutu genäht. Bei der Hochzeit von Anitas großer Schwester durfte Mieze dabei sein. Nie wieder hat sie solch ein Fest erlebt: fremde Gerüche, fremdes Essen, fremde Klänge, fremde Musik, die ihr unter die Haut gegangen sind, fröhliche, ausgelassen tanzende und singende Erwachsene und ein unbegreifliches Gefühl von Aufgehobensein und Wärme. Anitas Familie gelingt die Flucht nach Amerika, noch bevor die meisten jüdischen Familien in der Nachbarschaft verschleppt und ermordet werden. Mieze wird nie wieder etwas von ihr hören.

Die Angst und das Schweigen der Erwachsenen lähmen Mieze jedoch nicht. Sie lebt in ihrer eigenen Welt, in ihrer Kinderwelt, mit ganz eigenen Glücksmomenten und Katastrophen. Im Frühjahr steht Miezes Kommunion an. Das ist ein großes

Ereignis für die Neunjährige. Ihre Mutter näht das Kommunionkleid aus weißen Stoffresten, die sie seit längerer Zeit gesammelt hat. Sogar Spitze für den Kragen ist dabei. Mieze wird wie eine Prinzessin aussehen. Sie ist glücklich und schon ganz aufgeregt. Das teuerste an ihrer Ausstattung ist eine weiße Strumpfhose. Denn diese muss neu gekauft werden.

An ihrem großen Tag stehen Mieze und ihre Mutter schon früh auf. Sorgfältig kleidet Mieze sich an. Ihre Mutter bürstet ihr die Locken, nimmt sie zärtlich in den Arm und gibt ihr zum Abschied einen Kuss. Denn Mieze muss früher als ihre Familie in der Kirche sein. Schließlich sollen die Kommunionkinder zu Beginn der Messe mit ihren Kerzen in einer Prozession in die Kirche einziehen. Das haben sie im Kommunion-unterricht mehrfach geübt.

Es ist ein regnerischer, grauer Sonntag. Aber das schmälert Miezes Freude nicht im Geringsten. Ganz schnell will sie in der Kirche sein und rennt los. Und da passiert das Entsetzliche: Mieze stolpert und fällt in eine Pfütze. Die weiße Strumpfhose ist hin: voller Matsch und, was das Schlimmste ist, am rechten Knie zerrissen. Heftig schluchzend kehrt Mieze nach Hause zurück. Da hilft auch der liebevolle Trost der Mutter nicht, der die Tränen beim Anblick ihrer Tochter in den Augen stehen. „Dä liebe Herrjott liebt disch, ejal, wiede ussiehs!" Das Kleid lässt sich oberflächlich reinigen. Es hat nicht so viel Schmutzwasser abbekommen. Aber die Strumpfhose ist nicht zu retten. Mieze muss eine graue, gestopfte Wollstrumpfhose tragen. Als einziges Mädchen zieht sie bei der feierlichen Zeremonie mit einer dunklen Strumpfhose in die Kirche ein, was sie als eine unendliche Schmach empfindet, die einzig und allein sie verschuldet hat. Diese bittere, persönliche Erfahrung übertrifft für das Mädchen alle politischen Katastrophen dieser Zeit bei weitem.

Maria S., Frühjahr 1969

VI.

Wie ein Engel sieht Maria aus. Aber sie will auch wie ein Engel sein. Gut. Gehorsam. Alles will sie tun, was der liebe Gott von ihr will. Im Kommunionunterricht hat sie sich schon sehr viel Mühe gegeben. Sie hat die 12 Apostel auswendig gelernt. Und auch die Geschichte von Jesus kennt sie. Sie weiß, dass Judas ein Verräter ist. Jetzt ist er in der Hölle, hat der Pastor gesagt. Denn für solche Sünden straft der Herr die Menschen.

Maria hat ihre Sünden gebeichtet. Sie hat dem Pastor gebeichtet, dass sie unkeusch war. Maria weiß nicht genau, was das ist. Es ist irgendetwas mit dem Körper. Etwas Schlimmes, was man nicht darf. In der Schule hat Frau Gundermann den Kindern im Katechismus-Unterricht erklärt, welche Sünden man beichten muss. Sie hat gesagt, man darf nicht lügen. Man soll auch nicht naschen oder andere Kinder schlagen. Dann hat sie noch gesagt, dass man nicht unkeusch sein darf. Genau hat sie nicht gesagt, was das ist. Nur, dass man bestimmte Stellen am Körper nicht anfassen soll. Man darf auch andere diese Stellen nicht anfassen lassen. Maria ist rot geworden. Sie hat sich geschämt. Am nächsten Tag hat sie beim Pastor gebeichtet. Der Pastor hat zuerst mit ihr geschimpft. „Du bist doch sonst ein gutes Mädchen, Maria. Beschmutze den Namen unserer Muttergottes nicht! Unkeuschheit ist eine Todsünde!" Maria wäre gerne weggelaufen. So sehr hat sie sich geschämt. Aber dann hat der Pastor sie freigesprochen von den Sünden. Zwei Rosenkränze hat sie gebetet. Dann war alles wieder gut.

Jetzt steht sie am Eingang der Kirche mit den anderen Kindern. Gleich werden sie alle in die Kirche einziehen. Maria hält die Kerze gerade. Es soll kein Wachs auf das schöne, weiße Kommunionkleid tropfen. Die Mutter hat Barbaras altes Kleid für Maria umgeändert.

Maria ist glücklich. Sie ist frei. Sie hat gebeichtet und sie will nie wieder sündigen. Jetzt spielt die Orgel. Die Tür öffnet sich. Die ersten Kinder vor Maria gehen los.

„Fest soll mein Taufbund immer stehen.
Ich will die Kirche hören.
Sie soll mich allzeit gläubig sehn
Und folgsam ihren Lehren.
Dank sei dem Herrn, der mich aus Gnad
Zur wahren Kirch berufen hat.
Nie will ich von ihr weichen."

Maria singt laut mit. Die Kirche ist voll. Die Menschen stehen. Sie sehen die Kommunionkinder an. Aber Maria erkennt niemanden. Sie ist zu aufgeregt. Die Kommunionkinder dürfen in den vorderen Bänken sitzen. Der Platz wurde für sie freigehalten. Maria weiß, wo sie sich hinsetzen soll. Im Kommunionsunterricht haben sie extra für die Messe geübt. Alles klappt. Maria macht alles richtig. Als ihr Name aufgerufen wird, stolpert sie nicht. Sie geht nach vorne und streckt ihre Zunge heraus. Vor der Hand will Maria leicht zurückzucken. Aber sie ist tapfer. Sie hält still. Der Pastor legt ihr die Hostie auf die Zunge. „Der Leib Christi". Kurz berührt der Finger des Pastors die Zunge. Hastig schließt Maria den Mund. Ein bisschen muss sie würgen. Maria geht auf den Platz zurück, schließt die Augen. Sie sagt „Danke" zu Gott. Die Hostie wird weich im Mund. Maria darf nicht kauen. Sonst verletzt sie nachher noch Jesus. Dann schluckt Maria den weichen Brei hinunter. Jesus ist jetzt ganz in ihr. Er passt auf sie auf. Er wird sie beschützen, damit sie keine Sünde mehr begeht.

Die Verwandten sind zu Besuch. Es gibt Kaffee und Kuchen. Maria bekommt Geschenke. Eine schöne Bibel von der Tante. Eine geschnitzte Marienfigur vom Onkel. Und sogar ein bisschen Geld für das Sparschwein. Maria ist stolz. Die Erwachsenen sitzen zusammen. Sie trinken Schnaps, reden laut, lachen.

Marias Kommunionkleid liegt über dem Stuhl im Zimmer. Das Kränzchen hängt an der Lehne. Sie kann es vom Bett aus sehen. Morgen nimmt die Mutter die Sachen wieder zu sich in den Kleiderschrank. Aber heute gehören sie noch Maria. Maria lächelt. Sie dankt dem lieben Gott für den schönen Tag. Unten geht die Tür. Die Schritte auf der Treppe. Maria presst ihre Hände aneinander. Die Augen fest geschlossen. Sie betet. Die Zimmertür poltert auf. „Mein Engelchen!"

einszweidreivierfünfsechssiebenachtneunzehn elfzwölfdreizehnvierzehnfünfzehn sechzehnsiebzehn –

Maria duscht. Sie ist eine Sünderin. Aber eine Todsünde kann man nicht abwaschen. Maria ist schuldig. Das Wasser läuft, läuft, läuft, läuft, läuft an ihr herab.

Maria B., 1939

VI.

Zu Beginn des Jahres 1939 beginnt Miezes Dienstjahr. Zwei Jahre zuvor wurden sie und ihre Cousine Inge aus der deutschen Jugend ausgeschlossen. Nachdem sie zu den Handarbeits- und Bastelabenden im BDM-Heim nicht mehr hingehen wollten, wurden sie einige Monate später offiziell in die Westfalenhalle bestellt. Später als erwachsene Frau wird Maria immer wieder beteuern, dass es sich bei der Weigerung, die Veranstaltungen des Bundes deutscher Mädchen, zu besuchen, keinesfalls um politischen Widerstand von ihrer Seite gehandelt habe. Vielmehr hätten sie und Inge die Abende im BDM-Heim einfach nur langweilig und öde gefunden und deshalb gemeinsam beschlossen, dort nicht mehr hinzugehen. Als Monate später in der Westfalenhalle theatralisch ihre Mitgliedsausweise verbrannt und sie aus der deutschen Jugend ausgeschlossen werden, fühlen sich beide befreit. Kichernd und ausgelassen hüpfen sie Arm in Arm nach Hause. Über die Konsequenzen, die ihr Ausschluss haben könnte, denken die jungen

Mädchen nicht weiter nach. Aber sie sind nicht die einzigen, die dem BDM nicht angehören wollen. Maria erinnert sich später, dass die Westfalenhalle dicht besetzt war.

Das Dienstjahr war im Februar 1938 von den Nationalsozialisten als Pflichtjahr für Mädchen und unverheiratete Frauen eingeführt worden. Auf den entsprechenden Propagandaplakaten heißt es: „Auch du gehörst dem Führer!" In diesem Sinne werden nicht nur Männer in den Wehrdienst gepresst, sondern auch junge Frauen und Mädchen zwangsverpflichtet. Die Teilnahme wird streng überprüft. Das Pflichtjahr wird im sogenannten Arbeitsbuch dokumentiert. Die „Pflichtjahrmädel" müssen 12 Monate in einem landwirtschaftlichen Betrieb oder in einer kinderreichen Familie arbeiten. Auch Inge und Mieze entgehen diesem Zwang nicht, trotz ihres Ausschlusses aus der deutschen Jugend. Eine Rente wird Maria später allerdings für ihre einjährige Arbeit nicht erhalten, da sie die entsprechenden Dokumente, die bei einem Bombenangriff verbrannt wurden, nicht vorlegen kann.

Mit 16 Jahren muss sie die Volksschule verlassen, trotz der dringenden Empfehlungen des Lehrers und des Pfarrers, das kluge Mädchen weiterlernen zu lassen. Aber nicht nur ihr Vater, sondern auch ihre Mutter, die doch selbst eigentlich gerne die Schule besucht hätte, sind dagegen. Ein Mädchen braucht keine höhere Bildung. Es wird sowieso heiraten und Kinder bekommen. Darin sind sich Miezes Eltern einig. Und so muss sie die Schule mit dem Hauptschulabschluss beenden, während ihr Bruder Willi, der die Schule verabscheut und kein guter Schüler ist, die Schule weiterbesuchen darf.

Unmittelbar nach ihrer Schulzeit tritt Mieze ihr Pflichtjahr im Münsterland in einem Forsthaus an. Mädchen und junge Frauen erhalten eine Lehrstelle oder einen Studienplatz erst nach Ableisten des Pflichtjahres. Zum ersten Mal ist Mieze über einen längeren Zeitraum von ihrer Familie getrennt. Ein Abenteuer! Die Försterfrau hat fünf Kinder. Das älteste Mädchen ist nur wenige Monate jünger als Mieze. Beide freunden sich schnell an und Mieze legt ihre anfängliche Schüchternheit ab. Mit weit über 80 wird sie später ihre alte Freundin, die sie aus den

Augen verloren hat, wieder ausfindig machen und es entsteht in ihren letzten Lebensjahren ein lebhafter Briefkontakt zwischen beiden.

Mieze hat es also gut getroffen. Die Försterfamilie nimmt sie freundlich auf und drangsaliert sie nicht. Zwar benimmt sich das Mädchen aus der Stadt in ihren Augen etwas befremdlich: Es summt bei der Arbeit, redet mit den Tieren und gibt ihnen Namen. Aber sie ist für die vielbeschäftigte Försterfrau auch eine große Entlastung und steckt mit ihrer Freude und Phantasie die ganze Familie an. Als Mieze mit den Hühnern, die sie allmorgendlich füttert, eine Art Zirkusnummer einübt, verschlägt es der pragmatischen Försterin, die sie eines Morgens in den Hühnerstall begleitet, allerdings die Sprache. Mieze ruft den Hahn und die Hühner bei ihren neuen Namen, breitet ihre Arme beim Betreten des Stalles weit aus, worauf der Hahn ihr auf den Kopf fliegt, während jeweils zwei Hühner auf ihren Armen Platz nehmen. Die Försterin, die sich zunächst erschrocken weggeduckt hat, weil sie einen Angriff der herbeifliegenden Hühnervögel vermutete, schüttelt nur den Kopf über das verdrehte Mädchen. Dann bricht sie in schallendes Gelächter aus.

Nur einmal erlebt Mieze etwas für sie Entsetzliches während ihres Pflichtjahres: sie muss eines der kleinen Ferkel festhalten, bevor der Bolzenschuss angesetzt wird. Die Teilnahme am festlich zubereiteten Mahl mit Schweinebraten verweigert sie daraufhin. Der Förster, seine Frau und alle fünf Kinder schütteln nur verständnislos die Köpfe. Wie kann man solch einen Festbraten verschmähen? Sie verstehen das nicht.

Über Politik wird im Forsthaus nicht gesprochen. Weitab von Dortmund, von ihren Eltern lebt Mieze in einer unwirklichen Idylle. Die Sau und ihre Ferkel machen vor ihr Männchen, wenn Mieze den Stall betritt. Die Kuh lässt sich anstandslos melken bei ihrem Gesang. Und als im September 1939 der Zweite Weltkrieg ausbricht, gibt die Sau Pfötchen.

VII.

Maria hat die Schule beendet. Sie hat jetzt ihren Hauptschulabschluss. Maria ist eine gute Schülerin. Manchmal woanders mit den Gedanken, hat die Lehrerin öfter gesagt. Maria versucht, immer lieb und fleißig zu sein. Sie tut, was man ihr sagt. Sogar mehr. Denn Maria lernt gerne. Sie könnte auch einen höheren Abschluss schaffen, meint die Lehrerin. Aber wozu? Maria ist nur ein Mädchen, sagt der Vater. Sie wird heiraten. Wofür braucht sie einen höheren Abschluss? Ihre Mutter hat auch den Hauptschulabschluss. Das reicht, um die Kinder zu versorgen.

Maria weiß nicht genau, was für einen Beruf sie lernen soll. Sie weiß nicht, was ihr gefällt. Sie versucht darüber nachzudenken. Eigentlich denkt sie gerne nach. Sie sitzt in ihrem Zimmer und denkt nach. Über sich. Über die Familie. Warum wurde sie in diese Familie geboren?

Maria ist gern allein. Ihr fehlt keine Freundin. Die Lehrerin nennt sie verschlossen. Maria gefällt das Wort. Es bedeutet, dass keiner zu ihr vordringen kann. Nur sie hat den Schlüssel. Beim Nachdenken schaut Maria aus dem Fenster. Dann verschwimmen die Gedanken langsam. Später weiß sie nicht mehr, was sie gedacht hat. Sie erinnert sich nicht.

Maria denkt sich Geschichten aus. Einfach so. Das tut sonst niemand in der Familie. Ihre große Schwester sagt oft, dass Maria spinnt. Maria hätte gerne ein eigenes Tier. Aber Tiere machen nur Dreck und Arbeit, sagt die Mutter. Sie sind ohne Nutzen. Aber heimlich hat Maria einen kleinen Hund. Nicht wirklich. Sie hat ihn sich ausgedacht und spricht mit ihm. Nur Barbara weiß darüber Bescheid. Deshalb denkt sie ja, dass Maria spinnt. Der Hund heißt Moppi und ist klein und wuschelig. Er hört zu, wenn Maria mit ihm im Zimmer sitzt.

Maria denkt weiter darüber nach, was sie gerne mag. Sie kocht gerne. Manchmal hilft sie der Mutter. Dann wird sie gelobt, weil sie so fleißig ist. Am liebsten backt Maria. Aber das darf sie nur selten. Denn Kuchen gibt es nur an besonderen Tagen. Wenn sie backen darf, will Maria immer gerne etwas Neues ausprobieren. Aber das duldet die Mutter nicht. Gebacken wird nur nach den alten Rezepten der Oma.

Aber jetzt fällt Maria nicht mehr ein, was sie gerne macht. Sie muss aber einen Beruf lernen. Jetzt, wo sie die Schule beendet hat. Sie darf den Eltern nicht weiter auf der Tasche liegen, sagen die Eltern. Deshalb soll sie im Büro arbeiten. Ein Freund des Vaters hat einen Betrieb. Dort fängt sie mit der Lehre an.

Als Bürolehrling muss sie tun, was die anderen ihr sagen. „Lehrjahre sind keine Herrenjahre", sagt die Mutter. Maria kocht Kaffee, Maria holt Teilchen. Maria wischt die Tische, Telefone und Schreibmaschinen. Nach einem halben Jahr darf sie bezahlte Rechnungen nach ihrem Datum sortieren und in einen Ordner heften. Alle sind freundlich zu Maria. Auch der Chef. „Du machst deine Sache gut", sagt er zu ihr. „Auch wenn du sehr still bist für dein Alter."

In der Berufsschule sind nur junge Frauen. Sie reden sehr viel. Über Mode, über Frisuren, über Musik. Maria weiß nichts darüber. Aber Maria hat zwei große Brüder. Die Mädchen reden auch über süße Jungs und fragen oft nach Marias Brüdern. Markus und Matthias haben nämlich noch keine, mit der sie gehen. Das ist Marias Vorteil. Das begreift sie.

Etwas ist passiert mit Maria. Die Eltern und die Geschwister sind irgendwie weiter weg, obwohl sie noch zu Hause wohnt. Maria beobachtet sie, wie unter einer Lupe. In der Lehre bekommt Maria nicht viel Geld. Das muss sie zuhause abgeben. Aber die Lehre ist etwas Eigenes, etwas, was keiner sonst in der Familie hat. Maria fühlt sich erwachsen. Der Vater kommt abends nicht mehr zu ihr, seitdem sie in der Lehre ist. Er geht zu Elisabeth. Maria hört das. Weit weg.

Maria B., 1940

VII.

Nach ihrem Pflichtdienstjahr kehrt Mieze nach Dortmund zurück. Dort hat sich viel verändert. Theoretisch war ihr das bewusst, denn sie und ihre Mutter haben sich regelmäßig geschrieben. Aber erst, als sie wieder zuhause ist, spürt sie, wie sehr ihr großer Bruder Willi ihr fehlt. Auf Anraten des Vaters hat Willi seinen Dienst bei den „Grauen" angetreten. Josef B. ist der Meinung, dass sein Sohn auf diese Weise immer hinter der Front bleiben und sein Leben nicht gefährdet sein wird. Er hat Erfahrungen aus dem Ersten Weltkrieg, spricht aber nicht darüber. Erst bei nahendem Kriegsausbruch gibt er Willi mit blassem, ernstem Gesicht seinen Rat, den sein Sohn befolgt. Willi meldet sich bei der Nachschubtruppe der Wehrmacht.

Auch das Straßenbild und die Stimmung der Menschen haben sich während Miezes Abwesenheit drastisch verändert. Regelmäßig demonstrieren die SA und die Hitlerjugend mit Aufmärschen im roten Dortmunder Norden ihre Macht. Ihre Präsenz ist geradezu erdrückend. Nachbarn sind verschwunden und alle Anwohner sind dazu gezwungen, bei Aufmärschen eine Hakenkreuzfahne aus dem Fenster zu hängen. Da sieht man ein Meer verwaschener roter Fahnen, auf die ein frischer, kreisrunder Stoff mit dem verhassten Zeichen aufgenäht wurde. Und während die einen eifrig die Hände zum Hitlergruß erheben und laut und erregt ihr „Heil Hitler" brüllen, ziehen sich andere hastig in eine Seitenstraße zurück. So auch Miezes Mutter, die voller Angst vor den grölenden Horden davonhuscht. Ihr Leben lang wird Maria Schäferhunde hassen. Sie hat sie nur in Verbindung mit dumpf aufstampfenden, marschierenden Stiefeln vor Augen.

Angesichts der bedrückenden und bedrohlichen Atmosphäre ist Josef B. mürrischer und wortkarger denn je, obwohl er jetzt nicht mehr arbeitslos ist. Er arbeitet als Buchhalter bei der Dortmunder Union, die ihren Mitarbeitern regelmäßig das produzierte Bier zukommen lässt. So sitzt er seit Kriegsausbruch Abend für Abend im Erker der guten Stube, raucht, trinkt sein Bier und schweigt. Seine Frau Margareta ist in der Zwischenzeit noch furchtsamer geworden. Sie wirkt zarter und schmächtiger, scheint in ihren Schürzen zu verschwinden. Die Schweigsamkeit ihres Mannes macht ihr zu schaffen. Wie ihm sitzt auch ihr die Angst vor dem Krieg, den Aufmärschen der Nationalsozialisten und den Auswüchsen der Gewaltherrschaft im Nacken. Doch sind beide nicht in der Lage, sich gegenseitig zu stützen und Kraft zu geben.

Die Rückkehr ihrer Tochter lässt die Eltern wiederaufleben. Mit ihr kehrt das Gelächter zurück. Abends singen Mieze und ihre Mutter gemeinsam zweistimmig Volkslieder in der Küche oder sie sitzen vor dem Volksempfänger, der nichts Gutes verheißt. Wenn sie singen, öffnet Josef leise die Tür und lauscht. Die beiden Frauen haben schöne, klangvolle Stimmen und er genießt ihren Gesang, die weiche Altstimme seiner Frau und den eigenwilligen Sopran der Tochter. Als es aber um die Berufswahl von Mieze geht, bleiben beide Eltern hart.

Nie hat Mieze das Theater vergessen. Sie weiß, dass sie Schauspielerin werden muss. Immer wieder hat sie die Bühne vor Augen, die Worte, den Geruch, den raschelnden Vorhang. Dort wird sie stehen. Sie wird Worte sprechen, die berauschen und all das ausdrücken, was sie in ihrem Inneren fühlt und selbst in ihrer Schüchternheit nicht zu formulieren vermag. Aber sie hat entdeckt, dass es Dichter gibt, wunderbare Dichter, deren Worte sie füllen möchte. Abends im Forsthaus hat sie diese Dichter gelesen, ihre Texte leise vor sich hin geflüstert. Sie kennt ihre Werke schon jetzt auswendig. Sie muss Schauspielerin werden.

Doch der überraschend hartnäckige Widerstand der sonst so sanften Eltern lähmt sie. Für die beiden gläubigen Katholiken ist der Beruf der Schauspielerin zu eng mit der Vorstellung von Sünde und Verruchtheit verknüpft. Und obwohl für Josef das Theater einen Kunstgenuss darstellt, so trägt es seiner Meinung nach doch auch geheime, verbotene Verlockungen in sich, mit denen seine Tochter keinesfalls in Verbindung gebracht werden darf.

Mieze wird mit sanfter Entschiedenheit in eine Schneiderlehre gezwungen. Und während Miezes Traumberuf in weite Ferne rückt, erfüllt sich der Traum ihres Bruders Willi überraschend bei der

Wehrmacht: Der Nachschub für die Truppen in Polen wird auf der letzten Strecke mit Eisenbahnen transportiert, jeweils gezogen von einer kleinen Rangierlok Einer der Lokführer heißt Willi B.

Maria S., Herbst 1978

VIII.

Maria ist fertig mit der Lehre. Sie hat alle Prüfungen bestanden. Steno, Schreibmaschine schreiben, Rechnungswesen. Maria hat gute Noten. Sie lernt gut.

Marias Mutter ist mürrisch. Warum freut sie sich nicht? Maria fragt sich das nicht mehr. Sie ist der Mutter lästig. Aber die Mutter ist auch lästig. Immer hat sie noch eine Aufgabe. Maria soll im Haushalt helfen. Sie soll den Schwestern bei den Hausaufgaben helfen. Sie soll „sich nützlich machen". Nie ist es genug. Alles ist falsch.

Barbara wohnt nicht mehr bei den Eltern. Sie hat geheiratet. Die Lehre als Hauswirtschafterin hat sie abgebrochen. Als Ehefrau braucht sie keine Arbeit, sagt die Mutter. Barbara soll ihrem Mann den Rücken freihalten. Maria lächelt innerlich über den Ausdruck. „Ein freier Rücken". Wie sieht der aus? Ob er den übrigen Körper verlassen kann? Davonschweben? Frei? Was heißt „frei"? Maria denkt oft über die Ausdrücke der Mutter nach. Barbara und ihr Mann kennen sich aus der Gemeinde. Ein anständiger junger Mann, finden die Eltern. „Anständig, freigehaltener Rücken". Markus ist auch verheiratet. Matthias ist verlobt. Was macht Maria falsch? Wem soll sie den Rücken freihalten? Sie ist „im heiratsfähigen Alter". „Sich nützlich machen" Wem? „Den Rücken freihalten" Wem? „Anständig sein". Was ist Anstand?

Markus´ Frau ist komisch. Sie sitzt viel herum und starrt vor sich hin. Der Mutter gefällt das nicht. Kein Wunder, dass Markus jeden Abend in der Kneipe sitzt. Sonntags hockt er beim Frühschoppen. Maria besucht Markus´ Frau. Als einzige. Sie reden nicht viel. Manchmal gehen sie spazieren. Dann lächelt die Schwägerin.

Für die Prüfung durfte Maria im Büro üben. Der Chef hat ihr das erlaubt. Zuhause hat sie keine Schreibmaschine. Maria war froh darüber. Sie konnte immer weggehen. Mit dem Rad ist sie zum Büro gefahren. Der Ort ist klein. Alle kennen sich. Im Büro war es am Abend still und ruhig. Ein eigenes Reich. Maria konnte nachdenken. Sie konnte atmen. Auch darüber denkt Maria nach.

Jetzt sitzt sie nach der Arbeit wieder zuhause. Der Chef hat Maria eingestellt. Sie bekommt ein richtiges Gehalt. Das gibt sie ab. Für Kost und Logis, sagt die Mutter. „Kost und Logis". Essen und Schlafen. Aber Maria schläft oft nicht. Maria denkt nach. Über die Worte der Mutter. Über die Schritte des Mannes auf der Treppe.

Manchmal macht Maria Überstunden. Dann bleibt sie, bis die anderen gegangen sind. Aber es ist nicht wie früher. Maria lernt nicht mehr für sich. Sie arbeitet für andere.

Zwanzig Minuten dauert die Fahrt mit dem Rad zurück zu dem Haus, das ihr Zuhause ist. Maria fährt mit Barbaras altem Rad. Es ist verrostet, klapprig. Aber es fährt zuverlässig, stöhnt und quietscht zu Marias Bewegungen, im Rhythmus ihres Tritts. Maria fährt an der Agger entlang. Niemand sonst ist unterwegs. Sie könnte weiterfahren. Immer weiter. Weiter. An der Straße vorbei, wo das Haus steht. Weiter. Maria atmet tief. Oberhalb des Wegs sind Wälder. Unten fließt die Agger. Ein regelmäßiges Rauschen. Hoch über dem Tal Brücken. Brücken.

Maria B., 1940 - 1941

VIII.

Täglich geht Mieze in das ihr verhasste Schneideratelier in der Innenstadt. Sie geht zu Fuß, was sehr frühes Aufstehen bedeutet. Und auch an den Wochenenden kann sie nicht länger schlafen. An den Samstagen hilft sie ihrer Mutter beim Haushalt und sonntags treiben die Eltern sie zum Kirchgang an. Eine Pflicht, der sich Mieze nicht entziehen kann.

Miezes Lehrherrin ist unerbittlich und streng. Nähte, die Mieze mit ihren verschwitzten Händen mühselig gefertigt hat, löst sie schimpfend wieder auf. Maria soll akkurat arbeiten. Ihre Chefin nennt sie bei ihrem Taufnamen, was Mieze ihr verübelt. Das Schneiderhandwerk verlangt Disziplin und „äußerste Akkuratesse". So lautet eines der Lieblingswörter der Meisterin. Ein halbes Jahr lang plagt sich Mieze von früh bis spät mit handgearbeiteten Nähten, Schlitzen und Knopflöchern herum. Dann endlich hält die Meisterin sie für würdig genug, in das Handwerk der Nähmaschinenarbeit eingeführt zu werden. Eine Weile blüht Mieze auf. Sie hofft, eigene Kleider nähen zu dürfen. Doch es vergeht wieder ein halbes Jahr, in dem sie nur gerade Hosenbeinnähte mit der Maschine säumt.

Zuhause ist die Stimmung gedämpft. Nach einem kurzen Heimaturlaub wird Willis Nachschubtruppe der Ostfront zugeteilt. Im Sommer 1941 beginnt der Russland-Feldzug der Wehrmacht. Josef und Margarete B. fühlen sich ohnmächtig und hilflos, können nur hoffen, dass ihr Sohn mit seiner Truppe nach wie vor hinter der Kampflinie bleibt und lediglich für den Nachschub sorgen muss. Willi, der in seiner Naivität auf weitere Einsätze mit Lokomotiven hofft, ist guter Dinge. Doch es kommt anders. Ursprünglich sollten die Nachschubtransporte an die Front tatsächlich mit der Eisenbahn erfolgen, Doch fanden die „grauen Eisenbahner" in der Sowjetunion nur zerstörte Bahnanlagen vor. Sämtliche Materialien, wie Lokomotiven, Waggons und Werkzeuge haben die Russen ins Hinterland abtransportiert. In seinen anfänglichen, kurzen und kindlich gefassten Briefen teilt Willi seiner Familie mit, dass seine Truppe zunächst einmal zerstörte Gleisanlagen und Brücken wiederinstandsetzen müssten, bevor sie vorwärts rücken könnten. Eine Tatsache, die Willis Familie aufatmen lässt. Sogar Fotos erhalten sie in Dortmund, auf denen Willi vor alten Lokomotiven posiert. Auch die Tatsache, dass die sowjetischen Eisenbahnen auf anderen Spurweiten fuhren als die Deutsche Reichsbahn und zunächst einmal umgespurt werden müssen, verzögert das weitere Vorrücken der Deutschen Wehrmacht und schützt Willi vor der Front und furchtbaren Erfahrungen, wie sie sein Vater im Ersten Weltkrieg machen musste.

Trotz dieser zunächst beruhigenden Nachricht verschwindet allmählich das Gelächter Miezes und ihrer Mutter aus dem Alltag der Familie. Ein Cousin von Margarete B. wird ins Lager deportiert. Er hat in der Kneipe ihrer Schwester einen Witz über Hitler erzählt. Tags darauf wird er von Leuten der Gestapo zusammengeschlagen und mitgenommen. Es gibt keine Nachrichten über seinen Verbleib. Jemand muss ihn denunziert haben. Angst und Misstrauen wachsen. Dabei erzählen alle hinter vorgehaltener Hand Witze über das Regime. Über den „dicken Göring", der sich immer wieder neue Phantasieuniformen schneidern lässt, über den „hinkenden Bock Goebbels", der gegen

Abartigkeit wettert, über Hitler, „den kleinen Mann".
Auch Mieze kennt all diese Witze. Sie, die während
ihres Dienstjahres noch so lustig, naiv und
unbekümmert war, wird zusehends ernster. Wie
gelähmt verrichtet sie die Arbeit, die zu tun ist. Ihr
Alltag verläuft nach strengen Vorgaben, droht sie zu
ersticken wie ein zu eng geschnürtes Korsett und
gleichzeitig spürt sie die Bedrohung und mit ihr das
nahende Chaos. Bei der Arbeit spricht sie nicht über
Politik. Ihre Lehrmeisterin ist eine glühende
Verehrerin des Führers. Zuhause wechseln die Eltern
Blicke, versuchen ihre Befürchtungen vor Mieze zu
verbergen, wenn der Volksempfänger läuft. Ihr großer
Bruder fehlt ihr. Sie hat Angst um ihn und möchte ihn
beschützen, wie sie es früher getan hat, wenn er wegen
seines Stotterns ausgelacht wurde.

Mit ihren 18 Jahren ist Mieze unfrei und unglücklich.
Die Bücher, die sie so sehr liebt, wie die Gedichtbände
von Kästner und Klabund, Geschenke ihres Vaters,
sind verboten. Ihre ängstliche Mutter hat sie allesamt
im Ofen verbrannt und Mieze voller
Schuldbewusstsein dabei nicht in die Augen sehen
können. Es war eine unfreiwillige private

Bücherverbrennung. Ohne Pathos, voller Schmerz. Anschließend haben sich beide stumm umarmt. Sie haben ja ihre geliebten Reiseberichte noch, in denen sie Trost suchen. Mit dem Finger auf dem Atlas verreisen. Weit weg. Das tun sie beide noch, auch oder gerade in dieser schlimmen Zeit. Miezes Vater schweigt und trinkt sein Bier.

Die Arbeit drückt wie ein Alb auf ihre Seele. Schneiderin wird sie sein, soll sie sein. Ihr ganzes Leben ist geplant – von anderen. Und erstaunlicherweise erwartet ihre Familie dasselbe von ihr wie der Führer, den ihre Eltern doch eigentlich heimlich verabscheuen und fürchten. Mieze soll ein funktionierendes Rädchen im Getriebe sein, eine fürsorgende, aufopfernde Frau und Mutter. Das erhoffen auch ihre Eltern einst von ihr. Und Mieze funktioniert wie ein gut aufgezogenes Spielzeug. Mechanisch verrichtet sie ihre Schneiderarbeit. Sitzt an der Tretmaschine, tritt, tritt und tritt – mittlerweile hat sie Routine. Die Meisterin vertraut ihr immer schwierigere Aufträge an. Mieze näht inzwischen auch nach Schnittmustern Hosenanzüge, Röcke und

Kostüme. Noch gibt es Stoffe. Im weiteren Verlauf des Krieges werden sie Mangelware sein.

Und dann, zu Beginn des Jahres 1941, erhält Mieze den Auftrag, eines der Kostüme für eine Opernaufführung zu schneidern. Ein Kleid mit vielen Rüschen und allerlei Volants. Seit Kriegsbeginn führt das Dortmunder Theater – wie so viele Bühnen in Deutschland – vermehrt pompös inszenierte Opern und Lustspiele auf, die das Publikum zerstreuen und vom Elend des Krieges ablenken sollen. Die Reichstheaterkammer kontrolliert das gesamte Theaterwesen in allen Belangen, so auch in der Stückauswahl.

Wie betäubt betrachtet Mieze zunächst den Entwurf der Kostümbildnerin. In Anbetracht der vielen zu nähenden Kostüme sah diese sich gezwungen, einige Aufträge an Schneiderateliers zu vergeben.

Und dann ist es, als ob Mieze wie aus einem tiefen, langen Albtraum erwacht. Da ist es wieder: das leise Flüstern und Hüsteln des Publikums, die Spannung und Erwartung, dann – endlich das Rascheln des Vorhangs und dann das Scheinwerferlicht …

IX.

Maria hat schon über zwei Jahre als Bürokauffrau gearbeitet. Immer noch wohnt sie in dem Haus. Die Eltern beachten sie kaum. Stumm sitzen sie beim Abendessen. Dann geht Maria nach oben. Die Eltern sitzen vor dem Fernseher.

Barbara hat eine kleine Tochter. Wenn sie die Eltern besucht, lässt sie das Kind nicht aus den Augen. Maria sieht das. Sie passt auch auf. Elisabeth und Andrea wohnen auch noch da. Elisabeth macht eine Lehre im Verkauf. Maria besucht sie im Geschäft, wenn sie von der Arbeit kommt. Das sieht Elisabeths Chefin nicht gern. Andrea geht noch zur Schule. Sie ist das Nesthäkchen. Der Vater erlaubt ihr mehr als den anderen Töchtern. Vielleicht darf sie sogar Abitur machen. Wer weiß? Maria freut sich für Andrea. Manchmal lernt sie zusammen mit der kleinen Schwester. Andrea hat das Fach

Philosophie in der Schule. Sie kann nicht viel damit anfangen. Wenn sie etwas nicht versteht, fragt sie Maria. Was ist Glück? Was bestimmt das Sein?

Was bestimmt das Sein?

Jeden Tag fährt Maria mit dem Rad morgens zur Arbeit. Tagein. Tagaus. Tagaus. Tagein. An der Agger entlang sitzt sie auf dem Rad, das quietscht, und denkt nach. Die Arbeit macht sie routiniert. Der Chef schätzt Maria. Sie ist zuverlässig und fehlt nie. Maria weiß das.

Was bestimmt das Sein?

Die Menschen im Ort reden über Maria. Sie weiß das. Sie ist immer noch nicht verheiratet. Annäherungsversuche junger Männer lehnt sie ab. Sie weiß selbst nicht, warum. Will das nicht wissen. Wenn einer sie anguckt, schwitzt sie. Die Männer verstehen das falsch.

Was bestimmt das Sein?

Maria vermeidet Gesellschaft. Elisabeth und Andrea gehen öfter abends weg. Einmal geht Maria mit in die Kneipe. Dort sitzt die Jugend des Ortes. Viele gehören zur Gemeinde. Sie kennen die Mädchen. Elisabeth, Andrea und Maria werden fröhlich begrüßt. Die Schwestern lachen zurück. Maria bleibt ernst. Auf dem Gang zur Toilette wartet einer der Männer auf Maria. Er lächelt. Er heißt Manfred. Maria kennt ihn. Hier im Ort kennen sich fast alle. Maria bleibt stehen. Der Rücken lehnt fest an der Tür. Das hilft. Manfred kommt auf Maria zu. Die Hand berührt die Schulter. Maria taumelt – schweresgewichtdumpfergestankeinszweidrei vierfünfsechssiebenachtneunzehnelfzwölf …

Andrea und Elisabeth haben Maria zurückgebracht. In das Haus. Sie sagen, Manfred habe einen Schrecken bekommen. Maria sitzt auf der Bettkante.

Was bestimmt das Sein?

Am nächsten Tag kündigt Maria die Arbeitsstelle. Der Chef begreift die Welt nicht mehr. Maria erklärt es ihm. Noch nie hat sie so viel von sich gegeben. Sie will lernen. Sie wird lernen. Sie wird wieder zur Schule gehen, das Abitur machen. Sie wird den Ort verlassen, hinter sich lassen.

Sie bestimmt ihr Sein!

Mit 22 Jahren verlässt Maria das Elternhaus. Sie zieht nach Köln. Dort meldet sie sich für die Aufnahmeprüfung an einem Weiterbildungs-kolleg an.

Maria B., 1942 - 1945

IX.

Mieze hat ihren Traum wiederentdeckt. Und dieses Mal wird sie für ihn kämpfen. Sie wird Schauspielunterricht nehmen. Heimlich. Niemand soll davon erfahren. Noch nie hat Mieze etwas vor ihren Eltern verheimlicht. Ob sie traurig war oder glücklich, ihre Eltern nahmen immer Anteil daran. Dies geschah weniger durch viele Worte, als vielmehr durch liebevolle Gesten, wie Umarmungen und Blicke. Aber dieses große Geheimnis wird sie für sich behalten. Niemand wird ihr diesen Weg streitig machen.

Ein Jahr lang hat Mieze Geld beiseitegelegt, um den Schauspielunterricht finanzieren zu können. Sie hat nicht viel Lehrgeld. Die Hälfte gibt sie ohnehin den Eltern. Aber sie hofft, dass es reichen wird. Zusätzlich beginnt sie gegen geringe Bezahlung, Aufträge von Nachbarn und Kunden anzunehmen. Abends sitzt sie in der Küche und bessert mit der Hand Kleidungsstücke aus, verlängert zu kurz gewordene Röcke, stopft Löcher, säumt Hosenbeine um. Ihre

Eltern sind stolz auf sie und loben ihre fleißige Tochter.

Anfang 1942 hat Mieze genügend Geld gespart, wie sie glaubt. Spät abends und nachts hat sie Rollen einstudiert, die sie vorsprechen möchte. Sie weiß nicht genau, wie man das macht. Seit dem Theaterbesuch mit ihrem Vater im Jahr 1931 war Mieze nie mehr im Theater. Die Entwicklung unter den Nationalsozialisten hat sie nicht verfolgt. Auch ihr Vater besucht das Theater nicht mehr, obwohl im Jahr 1933 sein Chef, der Direktor der Dortmunder Union-Brauerei, Theaterdezernent und Bürgermeister der Stadt wurde und für die Umsetzung der nationalsozialistischen Ideologie verantwortlich war. Josef B. hat seine Freude und Lust am Theaterbesuch mit den Veränderungen, die der Nationalsozialismus erzwungen hat, endgültig verloren. Seit der Machtergreifung Hitlers unterstehen die Bereiche Kunst, Literatur und Publizistik dem Reichspro-pagandaministerium. Diesem ist die Reichskultur-kammer untergeordnet, die für das Theater zuständig war. Durch sie werden alle künstlerischen Bereiche kontrolliert und unterliegen der Propaganda des

Nationalsozialismus. Freie Bühnengenossenschaften wurden mit der Machtergreifung aufgelöst. Seit 1933 gab es zahlreiche Entlassungen in Theatern und Opernhäusern. Kritische Künstlerinnen und Autoren sind ins Exil geflohen Da für die anfänglichen, völkischen Thingspiele, die das Erleben der deutschen Volksgemeinschaft darstellen sollten, nicht genügend Stücke und Autoren, die diese schrieben, vorhanden waren, setzte Goebbels bei der weiteren Stückauswahl auf die deutschen Klassiker, die den deutschen Volksgeist und die Überlegenheit der arischen Rasse spiegeln sollten. Nur wenige Regisseure wagten es seither, in ihren Inszenierungen klassischer Stücke zwischen den Zeilen Kritik zu üben. In Dortmund übernahm ab 1937 der SA-Sturmbahnführer P. Hoenselaers den Posten des Generalintendanten. Jüdische Ensemblemitglieder waren bereits vorher entlassen und verfolgt worden. Mit Kriegsausbruch setzte Hoenselaers, wie viele andere Intendanten auch, auf pompöse Opern und Lustspiele, was die Zuschauerzahlen schlagartig wachsen ließ. Aber Josef B. bleibt dem Spektakel fern.

Mieze lebt in ihrer eigenen Welt. Wenn sie an das Theater denkt, dann an das Theater vor dem Nationalsozialismus. Auch bei dem Gedanken an mögliche Schauspiellehrer fallen ihr nur Namen aus dieser Zeit ein. Allerdings befällt sie bei dem Gedanken, fremde Menschen ansprechen zu müssen Angst. Aber die Vorfreude beflügelt sie. Mieze lacht wieder und ihre Mutter lacht, ohne zu wissen, warum, mit ihr mit. Das Gefühl von Lähmung und Eingeengtsein fällt mehr und mehr von Mieze ab. Je näher ihr Ziel rückt, umso stärker wächst ihre innere Spannung. Die Leidenschaft für ihren Traum besiegt schließlich ihre Schüchternheit.

Mieze steht vor der Tür des früher namhaften Regisseurs und Schauspielers R. G. In der Weimarer Republik galt er als vielversprechende Größe. Brecht und Stretjakov hat er inszeniert, zeitweilig als Intendant gearbeitet. In ihrer Naivität kommt Mieze gar nicht auf die Idee, dass G. seine Zeit nicht gerade mit dem Unterrichten von Schauspielschülerinnen verbringen möchte. Eine runzelige alte Haushälterin öffnet ihr und bittet sie herein. Mieze hat noch nie so viele Bücher, so viele Statuen, Theaterfotos und -bilder gesehen. Staunend betritt sie das Wohnzimmer des Regisseurs. Stockend und eingeschüchtert trägt sie ihr Anliegen vor. Offenbar amüsiert fragt sie ihr Gegenüber, ob sie etwas einstudiert habe. Mieze spielt das Gretchen vor, anfangs holprig, doch dann vergisst sie alles. Sie ist allein in ihrer Kammer, verzweifelt und voller Unruhe. Als sie geendet hat, ist es still. Am liebsten möchte Mieze vor Scham davonlaufen. Wie konnte sie nur auf die Idee kommen, diesen Mann um Unterricht zu bitten. Das hier ist eine andere, eine fremde Welt, in die sie, Mieze B., gewiss nicht hineingehört. G. betrachtet sie eine Weile nachdenklich. Mieze möchte im Erdboden versinken. Doch dann verzieht sich das Gesicht Gs. zu einem breiten Lächeln. Er bietet Mieze einen Platz an, ruft seine Haushälterin und bittet diese, einen Kaffee zu bringen. Mieze sitzt zitternd auf der äußersten Kante des Sofas, jederzeit bereit, davonzulaufen. Beim Kaffeetrinken fragt G. sie allerhand, während Mieze nur damit beschäftigt ist, ihre Tasse nicht fallen zu lassen. Draußen dann, vor der Tür kann sie sich nicht mehr erinnern, was sie alles besprochen haben. Sie weiß nur eins: Sie hat es geschafft! G. hat sich bereit erklärt, sie ein Jahr lang zu unterrichten, bis zur Eignungsprüfung.

Miezes Leben ist gespalten. Auf der einen Seite schwimmt sie geradezu in Seligkeit, weil sie ihrem Traum, Schauspielerin zu werden, nähergekommen ist. Auf der anderen Seite ist sie umgeben von Elend, der Sorge um den großen Bruder und einer Atmosphäre von Misstrauen, Angst und Gewalt. Doch mit ihrer Naivität, gepaart mit Empathie und einem unumstößlichen Optimismus balanciert Mieze, wohl auch mit einer großen Portion Glück, durch diese Zerrissenheit.

Auf dem Nachhauseweg kommt sie regelmäßig an einem Kriegsgefangenenlager vorbei. Die Gefangenen arbeiten in einer Fabrik. Abends sitzen sie draußen im Hof hinter Stacheldraht. Allein in und um Dortmund gibt es 64 Lager für nahezu 25.000 Zwangsarbeiter und Zwangsarbeiterinnen. Es sind Kriegsgefangene, KZ-Insassen und zivile Zwangsarbeiter. Sie vegetieren vor den Augen der Stadtbevölkerung, in der Innenstadt, mitten in Wohngebieten und am Stadtrand dahin, arbeiten unter menschenunwürdigen Bedingungen für die Rüstungsindustrie, in Zechen und anderen Industriebetrieben, wie die Hoesch AG, die Maschinenfabrik Deutschland, die Dortmunder Union, die Hüttenwerke und viele mehr. Die Gefangenen sterben wie die Fliegen an Misshandlungen, Schwerstarbeit, Krankheiten und Hunger. Auch Mieze und ihre Familie haben diese Grausamkeiten täglich vor Augen. Miezes Mutter gibt ihrer Tochter oft Brotstücke und andere Reste für die ausgemergelten Gefangenen mit, die sie erübrigen kann. Viel haben sie selbst nicht. Und kaum ein Jahr später werden sie selbst betteln müssen. Auch die Nachbarn werfen heimlich Essen über den hohen Zaun. Es ist gefährlich. Die Kontaktaufnahme zu Kriegsgefangenen und Zwangsarbeitern ist streng verboten. Mieze geht zügig am Zaun vorbei, wobei sie aus den Augenwinkeln die Wachposten beobachtet. Dann wirft sie in einem günstigen Augenblick im Gehen schnell etwas über den Zaun. Nicht alle Nahrungsmittel erreichen die andere Seite. Mieze mit ihrer zierlichen Figur fehlt oft die nötige Kraft, hoch genug zu werfen. Doch natürlich ist sie gezwungen weiterzugehen.

Am 24, Mai 1943, nur 3 Monate, nachdem Goebbels den totalen Krieg ausgerufen hat, wird das Haus von Mieze und ihren Eltern ausgebombt. Damals haben sie alle vor dem Volksempfänger gesessen und das pathetische, inszenierte Geschrei des Propagandaministers gehört. „Wollt ihr den totalen Krieg?" „Jetzt ist alles aus", hat Miezes Mutter leise geflüstert. Später wird Maria sich immer wieder an den Moment in ihrer Küche erinnern. Die beklemmende Stille danach. Die Ratlosigkeit.

Der Bombenangriff auf Dortmund in der Nacht vom 23. auf den 24. Mai ist einer der bis dahin schwersten der Alliierten. Schon die Wochen davor haben Mieze und ihre Eltern gemeinsam mit den Nachbarn im Keller gesessen und mit wachsender Angst das sirrende Geräusch der Luftminen und die näherkommenden Bombeneinschläge wahrgenommen. Im Keller begegnet man den Nachbarn so, wie man sie sonst nie zu Gesicht bekommt: in Schlafanzügen, Nachthemden, schnell darüber geworfenen Mänteln, alten, verschlissenen Bademänteln, in Pantoffeln und mit Haarnetzen. Die schwerhörige alte Frau Kosubek muss von den Nachbarn wachgeklopft werden.

Jemand muss so lange mit den Fäusten an ihre Tür hämmern, bis sie wach wird. Denn den Alarm hört sie nicht. Später wird sich Maria immer wieder an diese Nächte bei Fliegeralarm erinnern. In entspannten Situationen haben die Kellerinsassen miteinander Gesellschaftsspiele gespielt, Witze erzählt, gelacht oder sich unterhalten. Bei zunehmender Bedrohung wurde die Atmosphäre im Keller angespannt und gespenstisch still. Nur das Sirren und die Bombeneinschläge waren zu hören, dabei das Zittern der Wände, des Bodens. Bei näherkommenden Einschlägen saßen Mieze und ihre Eltern eng umschlungen beieinander. Sie wollten zusammen sterben.

Am 24. Mai können sie und ihre Nachbarn noch rechtzeitig den Keller verlassen und sich in den nahegelegenen Bunker retten. Schon kurze Zeit nach dem Fliegeralarm um 0.29 Uhr fallen die Bomben wie ein heftiger Platzregen ohne Unterlass auf Dortmund nieder. Brandbomben, Sprengbomben erschüttern Straßen und Gebäude. Häuser stürzen ein. Überall brennt es. Der Weg zum Luftschutzbunker ist gepflastert mit Verwundeten und Toten. Margarete B. muss von ihrem Mann und Mieze gestützt werden.

Am nächsten Tag gleicht ihr Viertel einem Trümmerfeld. An die 100.000 Dortmunder haben in dieser Nacht ihre Wohnung verloren. Das Ergebnis des „totalen Krieges", sagen Miezes Eltern hinter vorgehaltener Hand. Eine Hauswand, angelehnt an das Nachbarhaus, das nicht zerstört wurde, steht noch. Oben hängt am Ofenrohr noch der gute Küchenofen. Es scheint Stunden zu dauern, die sie wie gebannt vor der Hauswand stehen und warten, bis das Gewicht des Ofens der Wand zu schwer wird und er mit heftigem Donnern hinunterkracht. Absurdität des Krieges. Bei Margaretes Schwester, der Kneipenwirtin, kommen sie mitsamt ihrem Ofen unter. Ihr Haus wurde von dem Angriff verschont.

Noch eine Nachricht erschüttert die Familie: Willi ist in russische Kriegsgefangenschaft geraten. Sie haben sonst keine Nachricht von ihm. Miezes Mutter verstummt.

Die Versorgung der Bevölkerung in Dortmund ist am Ende des Jahres 1943 von staatlicher Seite kaum noch zu gewährleisten. Mieze fährt mit ihrem Vater aufs Land, um bei den Bauern Essen zu ergattern. Sie fahren schwarz auf Eisenbahnwaggons wie viele andere Dortmunder auch. Für Willis Spielzeugeisenbahn und Miezes Lieblingspuppe aus ihrer Kindheit bekommen sie ein Stück Speck und zwei Eier. Der Vorrat hält nicht lange. Viele Male fahren Mieze und ihr Vater. Die Fahrten erlebt die 20jährige wie ein Abenteuer. Einmal werden sie von britischen Fliegern angegriffen, als sie auf einem Feld unterwegs zu einem der Höfe sind. Offenbar treiben die Piloten ein Spiel mit ihnen und testen, ob sie die um ihr Leben rennenden „Spielfiguren" dort unten treffen können. Rechtzeitig ducken sich Mieze und ihr Vater unter einen großen Findling. Die Flugzeuge drehen ab. Auf dieser Fahrt haben sie nichts dabei, das sie den Bauern zum Verkauf anbieten könnten. Bettelnd stehen sie vor den Türen. Eine der Bäuerinnen deutet stumm auf den Ehering von Josef B.. Dieser schüttelt nur den Kopf. Es ist das erste Mal, dass Mieze ihren Vater weinen sieht. Ohne Essen erreichen sie Dortmund.

Mieze geht weiter zur Arbeit. Abends besucht sie zweimal in der Woche den Schauspielunterricht. Ihr

Lehrer verlangt ihr viel ab. Zum Üben bleibt ihr nur die Nacht. Sie lernt mit dem „Kleinen Hey", dem Standardwerk für Sänger und Schauspieler zu Lautlehre, Stimmbildung und Artikulation. Noch im hohen Alter wird Maria dieses Werk immer wieder zur Hand nehmen, um ihre Sprechtechnik zu verbessern. Wieder und wieder korrigiert G. ihre Aussprache, ihre Bewegungen, Mimik, ihr gesamtes Auftreten. Mieze nimmt die Kritik ernst, arbeitet hart an ihren Auftritten in Gs. Wohnzimmer und - wird zunehmend sicherer in ihren Rollen. Draußen, in der „wirklichen" Welt wird sie ihre Schüchternheit nicht überwinden können, beim Darstellen ihrer Figuren legt sie jede Zurückhaltung ab, wächst sie, beginnt sie zu leuchten. Diese Trennung in die Welt der Schauspielerin und die der Mieze wird ihr Leben lang ihre eigenwillige Persönlichkeit ausmachen.

An einem Sonntag, dem 2. April 1944, ist es so weit. „Fräulein Maria B." legt die Eignungsprüfung für „die Kunstgattung Schauspiel" beim Intendanten K. in Bielefeld ab. Es war schwer, ihr Vorhaben bis jetzt den Eltern zu verschweigen, schwer, allein nach Bielefeld zu fahren – mitten im Krieg. Sie tut es. Später wird sie, gefragt nach ihrer politischen Haltung, immer wieder erklären: „Ich wollte einfach immer nur Schauspielerin werden! Ich wollte Theater spielen!" Für sie wird das keine Rechtfertigung, sondern eine Tatsache sein.

Mieze besteht die Eignungsprüfung. Über dem Stempel mit dem Reichsadler und dem Vermerk „Reichskulturkammer. Der Landeskulturwalter Gau Westfalen-Nord" steht „Die Eignung für den Bühnenberuf scheint gegeben."

Zurück bei den Eltern gesteht Mieze ihnen stolz, dass sie staatlich geprüfte Schauspielerin sei. Die Eltern sind entsetzt. Ihr Vater spricht nicht mehr mit ihr.

Mieze wird im sogenannten „Dritten Reich" nie als Schauspielerin arbeiten. Der Untergang der Nazi-Herrschaft ist überall zu spüren. Das Dortmunder Theater war mit ihrem Zuhause bereits im Mai 1943 ausgebrannt. Im August 1944 werden alle Theater „des Reiches" geschlossen. Es gibt keine männlichen Schauspieler mehr. Die finanziellen Kapazitäten für Theater sind gänzlich erschöpft. Die Welt der Kultur zerbricht – einem Omen gleich – vor dem Zusammenbruch des „Deutschen Reiches".

Die Menschen um Mieze warten auf das Ende des Krieges. Sie wissen, dass die Kapitulation bevorsteht. Doch die Wartezeit wird unerträglich. Die Hoffnung, das Ende zu überleben, wird für tausende von Menschen in Dortmund zunichte gemacht: Noch am 9. Februar beginnt in Dortmund eine Verhaftungswelle, Mitglieder von Widerstandsgruppen, Zwangsarbeiter und Kriegsgefangene werden vom 7. März bis zum 12. April 1945 im Dortmunder Rombergpark ermordet. Die genauen Opferzahlen sind nicht bekannt. Die weiblichen Häftlinge des KZ-Außenlagers Buchenwald in Dortmund-Hörde, die zwischen 13 und 20 Jahre alt sind, werden nach einem Bombenangriff im März 1945 ins KZ Bergen-Belsen verschleppt. Nur etwa die Hälfte von ihnen überlebt. Vom Blutbad im Rombergpark erfahren auch Mieze und ihre Familie. Als erwachsene Frau wird Maria immer wieder fassungslos von den Ermordungen am Ende des Krieges in ihrer unmittelbaren Nähe sprechen. Die Menschen in ihrer Umgebung sind starr vor Schreck. Das Misstrauen wächst mit der Angst. Der Cousin von Margarete und ihrer Schwester kehrt zurück. Gefragt nach seiner Inhaftierung, schweigt er.

Er wird nie über seine Erfahrungen im „Umerziehungslager" sprechen.

In Miezes Familie bleiben – wie durch ein Wunder – alle unversehrt. Willi kehrt schon 1945 aus der Kriegsgefangenschaft zurück. Bei den Russen wurde er als Lokomotivführer eingesetzt. Das einzige russische Wort, das er beherrscht, ist „chljeb" (Brot!). Auch Josef B., der in den letzten Monaten zum „Volkssturm" verpflichtet wurde, kehrt 1945 zurück. Immer noch weigert er sich, mit seiner Tochter zu sprechen.

Mit 22 Jahren beschließt Mieze, ihr Elternhaus zu verlassen. Es wird Zeit für sie, ihren Traum zu leben, inmitten der Trümmer. Sie hat bei Wolfgang L. im Düsseldorfer Schauspielhaus vorgesprochen. Der Intendant, der in der Weimarer Republik ein gefeierter Regisseur war und nach 1933 von den Nationalsozialisten ins KZ verschleppt wurde, bietet Mieze ein Engagement an. In Düsseldorf wird sie viele Rollen spielen, wie z.B. die Recha in „Nathan der Weise". Ihr Vater wird ihre erste Vorstellung besuchen und vor Stolz fast platzen.

Ein Jahr darauf wird Mieze, die sich jetzt Marie B. nennt, am Bonner Schauspielhaus arbeiten und dort ihren späteren Mann kennen lernen.

Teil 2

Alle bisher gezeichneten Bilder entspringen Schilderungen oder kurzen Erzählungen der beiden Marien selbst, mit denen sie sich an ihr Leben erinnert haben. Oft waren es nur kurze, ins Gespräch eingeflochtene Bemerkungen, die wiederum in mir Bilder hervorriefen und sich für immer eingeprägt haben. Diese in mir lebendig gebliebenen Bilder sind einerseits Wiedergaben des Gehörten, andererseits aber auch Produkte meiner eigenen Vorstellungskraft, denn die Schilderung der eigenen Kindheit und Jugend durch die beiden Frauen selbst wäre mit Sicherheit anders ausgefallen, wenn auch diese Produkte durch deren Gedankenwelt und weitere Lebenserfahrung geformt und verändert worden wären. Eine objektive Wiedergabe des Geschehenen kann es demnach niemals geben. So ist unsere Erinnerung Fiktion und die Fiktion unsere Wirklichkeit.

Im zweiten Teil geht es um meine eigenen Erinnerungen an beide Marien, jeweils vom Zeitpunkt unseres Kennenlernens an. Auch hier setzen sich unvergessene Eindrücke, kurz aufblitzende Bilder zu einem Ganzen zusammen, geprägt durch meine Erfahrungen und meinen Blick auf sie.

Maria B.

...und wenn es mich wirklich gäbe,
ich sänge Opernarien
am Meeresgrund.
Paradiesvögel umwölkten
die weiße Stirn mir,
schwebend in sanftem Nass.
Seidenes Weich umspülte die Füße
in wundersam leichter Kulisse.

Prall wär mein Leben
und mühelos
das Glück meines Gesangs,
wenn es mich wirklich gäbe...

kennen lernen

1958

Meine Mutter, Marie B, verheiratete K., lernte ich bei meiner Geburt kennen.

Wann spricht man von „kennen lernen"? Ist dies ein Akt des Bewusstseins? Oder lernt die befruchtete Eizelle schon nach der Zeugung ihre Mutter kennen, in deren Körper oder, wie man so schön sagt, im Mutterleib? Gibt es eine intimere Zeit als die, in der man im Körper eines anderen Menschen heranwächst? Lernt man mit den Sinnen etwas oder jemanden kennen? Heißt „Begegnung" schon kennen lernen? Und, wenn man vom „lernen" spricht, ist dann nicht gerade der Moment der unbewussten Begegnung der Anfang des Kennen"lernens", der Beginn eines Prozesses, in dem sich das Unbewusste mehr und mehr mit dem Bewussten und der Reflektion verknüpft?

Wie dem auch sei, ich entscheide mich für den Moment der Geburt im Sommer 1958. Ich war ein Kind des Wirtschaftswunders, was bedeutete, dass ich nicht nur mit Liebe, sondern auch mit allerlei materiellen Dingen überhäuft wurde, während meine beiden älteren Geschwister noch die Armut der Nachkriegsjahre erleben durften, vor allem meine Schwester, die 1949 geboren wurde. Waren meine Eltern nach der Geburt meiner Schwester vom Krankenhaus nach Hause noch zu Fuß gegangen, mit einem Säugling, der in nichts als eine Decke eingehüllt war, so lag ich im neuesten Kinderwagenmodell und auf die Welt hatte man mir im Krankenhaus erstklassig, also in der 1. Klasse, geholfen. Und per Taxi wurden Mutter und Kind nach Hause chauffiert.

Wir lebten in der Innenstadt von Köln, im so genannten Friesenviertel, das damals noch ein Viertel war. Meine am weitesten zurückliegende Erinnerung an meine Mutter hat mit dem Badezimmer zu tun und ist sehr verschwommen: Ich sitze im Waschbecken in lauwarmem Wasser und sie hält mich mit einer Hand, während sie mit der anderen vorsichtig Wasser auf mich schwappen lässt. Ihre Stimme ist der Mittelpunkt dieser Erinnerung. Sie ist warm, akzentuiert und klar und sie meint nur mich.

Ihre Stimme bleibt unverkennbar in mein Gedächtnis eingebrannt.

Maria S.

Ich seh dich täglich auf dem Markt,
verteilt auf vielerlei Gestalten,
seh deinen Schopf, dein kurzgeschnittnes Haar,
seh ich die Hand dich eines Kindes halten.

Schlendernden Ganges mit dem Korb im Arm
seh ich dich auch Radieschen und Kohlrabi
kaufen.
Seh dich mit Männern Arm in Arm,
seh deine Füße in die andre Richtung laufen.

Und ohne dass ich an dich dachte, weinend,
erschrickst du mich in einer anderen Kostüm,
und nur die spitzen Schultern sind die deinen.
Dann wieder lautlos schwindest du dahin.

Oft sehe ich dich auch mit deinem Fahrrad
schwanken,
in eckiger Bewegung, unkoordiniertem Tritt,
fällst hin, verhedderst dich in deinen eigenen
Gedanken,
kommst mit dir selber nicht mehr mit.

Und wieder, wie vom Erdboden verschluckt,
und wieder von der Erde ausgespien
treibst du dies Spiel mit mir, Fata Morgana gleich.
Wie oft schon habe ich geschrien:
Du starbest doch!
Nur,
meine Seele hat der Schrei noch nicht erreicht.

sich begegnen

1984

Maria S. lernte ich 1984 kennen. Wir besuchten beide ein Weiterbildungskolleg, an dem wir unser Abitur nachholen wollten. In den letzten beiden Jahren war ein Kurssystem vorgesehen, in dem wir einige Kurse gleich belegt hatten und das insgesamt zwei Jahre dauern sollte.

Maria fiel mir in den ersten Monaten nicht auf. Sie gehörte nicht zu den lebhaften oder auffälligen Mitschülerinnen. Trotzdem erinnere ich mich, dass sie sich in Deutsch weit nach vorne gesetzt hatte, an den Anfang der Hufeisenform, also seitlich zur Tafel, während ich hinten saß und ihr Gesicht sehen konnte. Ihr braunes Haar war seitlich gekämmt, glatt und bedeckte gerade eben ihre Ohren. Ihr Blick wirkte häufig wie ein großes Fragezeichen, die Brauen angehoben, Falten auf der Stirn. Sie war dünn und wirkte in ihren Bewegungen irgendwie unbeholfen und schlaksig. Wie ich, hatte sie die Fächer Deutsch und Englisch als Leistungskurse gewählt und den Grundkurs Biologie.

Es muss im späten Frühjahr 1984 gewesen sein, dass wir mit dem Biologie-Kurs eine Exkursion in einen botanischen Garten unternahmen. Nachdem wir zuerst eine Führung mitgemacht hatten, durften wir uns eine Zeitlang frei bewegen. Es gab dort eine Art Labyrinth, das ich mit einer Freundin genauer erkunden wollte. Als wir uns den hohen Hecken näherten, sahen wir, wie ein paar unserer niemals müden Klassenclowns sich hinter einer Hecke versteckten. Aus einem der Gänge kam Maria. Als sie sich dem Versteck näherte, sprangen die beiden Mitschüler hervor und schrien „Buh" oder dergleichen. Wie man es eben macht, wenn man jemanden aus Spaß erschrecken möchte. Aber niemand von uns war auf Marias Reaktion gefasst gewesen:

Sie fiel, nein, sie stürzte nach vorne auf den Kiesweg. Dort lag sie, ausgestreckt auf dem Bauch, hielt die Hände vor ihr Gesicht und schluchzte, wobei ihr ganzer Körper zitterte. Sie ließ sich nicht ansprechen oder mit Worten trösten. Als jemand versuchte, sie sanft an der Schulter zu berühren, schrie sie auf. So standen wir hilflos und betroffen um sie herum. Jemand holte den Lehrer. Nach und nach traf die ganze Klasse ein. Maria lag auf dem Boden. Immer noch bedeckte sie ihr Gesicht mit den Händen. Allmählich ebbte ihr Schluchzen ab. Der Lehrer schickte uns zur Bushaltestelle, wo bereits unser Bus zur Rückfahrt bereitstand. Still und ernst setzten wir uns auf unsere Plätze und warteten. Nach einer Weile erschien unser Biolehrer mit Maria an seiner Seite. Sie blickte keinem ins Gesicht, als sie einstieg. Niemand verlor ein Wort über den Vorfall. Auch Wochen danach nicht.

Ihr gebrochenes Schluchzen blieb haften.

Maria B., verheiratete K.

spielen

1960 - 1966

Wir Kinder spielten tagsüber im Hinterhof. Es waren viele Kinder, die im Haus lebten und der Hof war eng. So fuhren wir im Kreis mit Rollern, Rädchen, Dreirädchen – je nach Alter. An einer Holzbank, auf der im Sommer das weißhaarige, hochbetagte Elternpaar des Hausbesitzers saß und uns beim Spielen zusah, war die Tankstelle. Oft machte der dicke Roli den Tankwart.

Unser Spiel wurde von den Rufen unserer Mütter unterbrochen. Sie standen auf den Balkons, die zum Hof zeigten und riefen uns zum Essen. Es war meine Mutter, die die Sitte eingeführt hatte, Köstlichkeiten in einem Korb herunterzulassen. Es waren Brote mit Margarine bestrichen und mit Zucker bestreut. Ich liebte das. Die anderen Kinder bekamen später von ihren Müttern mit Leberwurst bestrichene oder dick mit Käse belegte Stullen. Ich bekam weiter meine Zuckerbrote. Tagein, tagaus.

Wir lebten in einer Sozialwohnung. Als junger Redakteur und Anfänger im damals gerade neu gegründeten dritten Fernsehprogramm, WDR, verdiente mein Vater nicht viel. Sowohl er als auch meine Mutter arbeiteten seit der Geburt meines Bruders nicht mehr als Schauspieler. Eine Zeitlang hatten sie versucht, gemeinsam mit Schauspielerkolleginnen und -kollegen ein freies Theater zu gründen. Ein Experiment, das meine Schwester, die in einem Wäschekorb mit auf Tournee ging, noch erlebt hatte.

Aber, wie meine Eltern später immer wieder bedauernd meinten, die Zeit war noch nicht reif für freie Bühnen. Seit der Währungsreform war der ungeheure Ansturm von Zuschauern, den die Nachkriegszeit hervorgebracht hatte, stark zurückgegangen. Die Menschen waren satt. Da ließ auch der Hunger auf Kultur nach. Theater wurde mehr und mehr zu einer Einrichtung für das Bildungsbürgertum.

Unsere Wohnung war nicht klein. Aber da mein Vater auf ein Arbeitszimmer beharrte, teilte ich mit meiner Schwester ein Zimmer und unsere Eltern schliefen im Wohnzimmer.

Heute frage ich mich, was meine Mutter den ganzen Tag über allein in der Wohnung trieb, während wir Kinder im Kindergarten, in der Schule oder beim Spielen unterwegs waren. Auch abends, wenn wir in unseren Betten lagen, war sie oft allein, weil mein Vater noch mit Kollegen unterwegs war und erst nachts nachhause kam. Im Laufe ihres Lebens sollte sich meine Mutter zu einer Meisterin des Alleinseins entwickeln.

Sie nähte viel. Ihre Schneiderlehre war ihr schon im Theater zugutegekommen, denn sie hatte alle ihre Kostüme, in denen sie auftrat, selbst schneidern müssen. Das Geld für Kostümbildner war selbst bei den großen Theatern knapp.

Wenn ich zwischendurch, mit den Füßen trippelnd, weil ich dringend auf Toilette musste, vom Hof nach oben kam, saß sie oft an der Tretnähmaschine, mit der sie sprach. Überhaupt sprach sie mit allen Gegenständen, die uns umgaben. Die Nähmaschine aber wurde wüst beschimpft, wenn sie nicht so wollte, wie meine Mutter. So sanft meine Mutter sonst war, so beängstigend waren ihre Flüche beim Nähen. Keiner wagte sich in ihre Nähe, wenn sie mit der Maschine stritt, auch unser Vater nicht.

Sie nähte unsere Anziehsachen, die sie als Überraschung auf unseren Betten ausgebreitet hatte, wenn wir müde, zufrieden und erschöpft vom Spielen nach oben in die Wohnung kamen. Jahre später nähte sie auch mein Kommunionkleid und erzählte mir bei dieser Gelegenheit die traurige Geschichte ihrer Erstkommunion. Ich erinnere mich verschwommen, dass bei den genähten Überraschungen auch Kuscheltiere und selbstgefertigte Puppen dabei waren, über die ich mich freute. An eine Überraschung aber erinnere ich mich ganz genau: Es war ein Kasper, der so groß war wie ich. Er trug bunte Kleider und eine ganz lange Zipfelmütze. Er hatte Haare aus braunem Fell, das ich als den ehemaligen Mantelkragen meiner Mutter identifizierte. Ich liebte diesen Kasper und er drehte täglich auf dem Roller mit mir Runden, indem ich ihn – zum Neid aller anderen Kinder – vorne bei den Stoffhänden zusammen mit der Lenkstange hielt und seine Füße vor mich auf das Trittbrett stellte. Da hing er mehr, als das er stand, weich und schlaksig. Wir zwei waren ein unschlagbares Paar.

An den Hinterhof grenzte ein riesiges Trümmergrundstück. Heute steht auf diesem Grundstück ein großes Parkhaus. Natürlich war es uns Kindern strengstens verboten, dieses Grundstück zu betreten. Und natürlich betraten wir es. Einen herrlicheren Abenteuerspielplatz konnte es nicht geben. Dort gab es Steinbrocken, zerbrochene Eisenstangen, zerborstene Holzbalken, aus denen wir etwas bauen, Erdlöcher, in denen wir uns verstecken, in die wir aber auch hineinfallen konnten. Oft kamen wir mit Holzsplittern in den Fingern, Beulen, auch größeren Schnittwunden nach Hause, wurden mit Pflastern versorgt, holten unsere „Schimpfe" ab, um am nächsten Tag wieder auf das Trümmergrundstück zu schleichen, immer ein Auge auf die Balkons gerichtet, ob nicht ein Elternteil uns sehen könne. Auch für Ratten hatte dieser Platz etwas Anziehendes. Die Erwachsenen legten Giftköder aus und wir brachten die dahinsiechenden Tiere, meist waren es Ratten oder Tauben, zu meiner Mutter. Sie war die einzige im Haus, die uns nicht fortschickte mit den „kranken" Tieren. Diese saßen dann in einem Karton auf unserem Balkon. Meine Mutter gab ihnen Futter und Wasser. Nie habe ich ein Tier sterben sehen, obwohl sie alle starben. Aber irgendwie kriegte meine Mutter es hin, dass wir nichts davon mitbekamen. Nur eine Taube mit gebrochenem Flügel heilte sie wirklich. Als diese wieder fliegen konnte, standen meine Mutter, meine Geschwister und ich auf dem engen Balkon und winkten ihr zum Abschied hinterher.

Den Balkon bepflanzte meine Mutter bunt mit Petunien und Geranien. Den erdigen Geruch habe ich bis heute in der Nase. Als ich älter war, durfte ich ihr beim Bepflanzen helfen. An den Balkon grenzte unsere Küche, in der meine Mutter kochte und wo wir auch gemeinsam aßen. Ständig gab es etwas Neues und Fremdartiges: Meine Mutter probierte alles aus. Die deutsche Hausmannskost, die ich so sehr liebte, bezeichnete sie als „spießig".

Als die ersten Gastarbeiter nach Köln kamen und in der Ehrenstraße eine der ersten Pizzarias eröffnete, waren wir unter den wenigen neugierigen Gästen und ich verliebte mich schlagartig in Pizza Margarita, die ich mit der Hand essen durfte, was allein schon sensationell war. Die Neuankömmlinge wurden im Viertel als "Spaghettifresser" beschimpft. Nach Knoblauch zu riechen oder auch nur daran zu denken, damit zu würzen, galt als verpönt. Oregano kannte keiner. Hätte es damals schon das Internet gegeben, es wäre voller Hasskommentare gegen die „Fremden" gewesen, in deren Land man allerdings gerade zu dieser Zeit gerne in Urlaub fuhr, wenn man etwas auf sich hielt.

Kaum, dass wir das neue Essen „entdeckt" hatten, versuchte sich meine Mutter in der Küche an Pizzateig und Pasta. Im Laufe der Zeit gab es Chop Suey, Szegediner Gulasch, Irish Stew, Pot-au-feu, Couscous, um nur einen kleinen Teil ihrer neuen, meist leckeren Versuche zu nennen. Beim Kochen pfiff sie. Sie pfiff meisterlich. Und sie verschonte kein Genre. Ob Klassik, Jazz, Schlager, Kabarett oder Küchenlieder. Offenbar pfiff sie, was ihr gerade durch den Kopf ging. An der Auswahl konnte man jeweils ihre Stimmung erlauschen. Später waren es oft melancholische Melodien, z.B. französische Chansons von Brassens oder Barbara, die sie sehr liebte. Ich muss ungefähr vier oder fünf Jahre alt gewesen sein, als mein großer Bruder mich beiseite nahm und mir eindringlich klar machte, dass man nur ein halber Mensch sei, wenn man nicht richtig pfeifen könne. Von da an übte ich die hohe Kunst des Pfeifens inbrünstig bis ins Erwachsenenalter. Es waren die ersten fünf Töne des „Salve Regina", mit denen unsere Familienmitglieder sich wiederfanden, wenn wir uns auf einer Kirmes, in Geschäften oder bei sonstigen großen Veranstaltungen im Menschengetümmel verloren hatten. Aber am besten von uns allen pfiff meine Mutter.

Meine Mutter pfiff nicht nur kunstvoll, sie sang auch oft und viel. Wenn mein Vater abends zuhause war, brachten sie uns gemeinsam ins Bett. Entweder sang meine Mutter uns zum Einschlafen etwas vor oder mein Vater kitzelte uns so lange durch, bis wir erschöpft um Gnade winselten. Von meiner Mutter wollten wir immer wieder das Lied „Es waren zwei Königskinder" hören, obwohl wir am Ende alle drei weinen mussten, denn sie ließ in diesem Lied alle sterben. Nicht nur die zwei Königskinder waren am Ende tot, nein! auch deren Eltern, Großeltern, Onkel und Tante. Das Sterben nahm kein Ende. Meine Mutter erfand immer wieder neue, grausame Strophen. Und obwohl wir weinen mussten, wollten wir das Lied immer wieder hören. Es hatte etwas gruselig Interessantes. Und mein Vater sagte dann immer: „Kinder, die vor dem Schlafen viel geweint oder gelacht haben, schlafen gut." Und das stimmte.

Ich erinnere mich, dass meine Eltern uns einmal nachts mit großem Tamtam, mit Tröten und Trommeln weckten. Verschlafen saßen wir in unseren Betten, während sie eine Art Leinwand spannten. Und ehe wir noch begriffen, was da eigentlich geschah, entspann sich vor unseren Augen ein märchenhaftes Schauspiel, ein Schattenspiel mit kunstvoll geschnittenen Figuren und Gegenständen, die sich mit eleganter Leichtigkeit auf der Leinwand bewegten.

Viel später, erst als Erwachsene, begriff ich, wie lange meine Mutter an diesen Figuren und an der Vorbereitung des Stückes gearbeitet haben musste. Denn dass meine Mutter die Initiatorin war, daran bestand für mich kein Zweifel. Mein Vater war ein Meister der Improvisation. Er war ihr spontan beigesprungen.

Sie aber hatte uns Kindern mit diesem wunderbaren Spektakel nicht nur eine unvergessliche Freude bereitet, sondern auch ihre eigene, nicht enden wollende Sehnsucht nach dem Schauspiel gestillt.

Maria S.

lesen

1984

Im Deutsch-Leistungskurs sollte laut Curriculum eine so genannte „Ganzschrift", sprich ein Roman, gelesen werden. (Ich frage mich, was in aller Welt dann Erzählungen oder Novellen sind: Halb- oder Viertelschriften?) Einige von uns stellten Romane, die sie empfehlenswert fanden, vor und zum Schluss stimmten alle Beteiligten ab, welches Buch gelesen werden sollte. Herauskam Christa Wolfs „Kassandra".

In der Pause, auf dem Weg zur Cafeteria traf ich auf Maria. Sie stand unterhalb der Treppe, als ich herunterkam, und es war nicht zu übersehen, dass sie über irgendetwas unglücklich war. Seit dem Vorfall im Botanischen Garten waren wir einige Male ins Gespräch gekommen. Es waren keine tiefschürfenden Unterhaltungen gewesen. Man begegnete sich in der Pause, saß mit anderen gemeinsam in der Cafeteria beim Mittagessen an einem Tisch, wo man sich über den

Unterrichtsstoff austauschte, über diesen und jenen Lehrer redete, sich über dessen Ticks und Eigenarten lustig machte und herumalberte. Wie überall, gab es auch hier lebhafte und eloquente Witzereißer, die jeweils einen ganzen Tisch unterhielten. Hier hatte ich auch Marias Lachen zum ersten Mal gehört, das ihrem Schluchzen ähnelte.

Jetzt aber stand sie still an der Treppe, als ob sie mich erwartet hätte. Auf meine Frage, was los sei, antwortete sie zunächst nicht. Sie zögerte und ich fühlte mich hilflos. Dann aber brach es aus ihr heraus. Sie könne kein Buch lesen. Sie habe noch nie ein Buch ganz gelesen. Nur angefangen. „Wieso?" war meine plumpe Reaktion. Ich konnte mir einfach nicht vorstellen, warum man kein Buch lesen können sollte, wenn man des Lesens mächtig ist.

Alles, was Maria dann erklärte, klang diffus und gleichzeitig nachvollziehbar. Wie ich später verstand, hatte sie die ungewöhnliche Gabe, ihre Gefühlswelt in gerade dieser sprachlichen Unschärfe klar zu vermitteln. Ein Buch hatte eine

Sogwirkung auf sie. Je mehr sie in das Buch geriet, um so tiefer verschlang es sie, bis sie sich zu verlieren glaubte, schwamm, unterging, darin ertrank, wenn sie das Buch nicht augenblicklich zuklappte.

Ich weiß bis heute nicht, warum Maria gerade mir ihr Problem erzählt hat. Tatsache ist, dass es mich nicht mehr losließ und ich auf Auswege sann. Es ging nicht, dass Maria unsere „Ganzschrift" nicht lesen konnte. Wie sollte sie am Unterrichtsgespräch teilnehmen, ohne den Inhalt zu kennen? Wie sollte sie überhaupt Erfolg in der Schule haben, ohne Bücher lesen zu können? Wusste sie, dass ihr ein außerordentlicher Genuss entging?

Die Lösung war naheliegend, kostete mich aber eine schlaflose Nacht, bis ich sie hatte: Vorlesen. Das musste die Lösung sein!

Am nächsten Tag sprach ich Maria direkt in der ersten Stunde an. Ob ihr schon einmal ein Buch vorgelesen worden sei. Nein. Sie wollte es versuchen, freute sich und wir vereinbarten, schon am nächsten Tag mit dem Experiment zu beginnen. Wie sich später herausstellte, war Maria sehr experimentierfreudig, versuchshungrig und willensstark, wenn es darum ging, sich aus ihrer Falle zu befreien. Die dritte im Bunde war Esther. Sie besuchte auch den Deutsch-Leistungskurs und wir hatten uns angefreundet, nachdem wir gemeinsam ein Referat über die Geschichte des Bühnenbildes gehalten hatten.

Beim ersten Mal trafen wir uns bei Esther. Sie hatte etwas zu essen vorbereitet und wir tranken zusammen Rotwein. Es herrschte eine gewisse Anspannung. Ich hatte Esther in das Problem eingeweiht und nach dem Vorfall im Botanischen Garten fürchteten wir einen ähnlichen Ausbruch oder etwas Unvorhergesehenes, das wir womöglich nicht auffangen könnten. Doch Maria schien entspannt zu sein. Sie saß auf einem großen geblümten Ohrensessel, das Glas in der Hand, die langen, dünnen Beine in Jeans weit ausgestreckt.

Christa Wolfs Kassandra ist kein langer Roman. Er hat nur etwa 160 Seiten, aber eine Schwierigkeit für das Vorlesen war, dass es keine Kapiteleinteilung gibt. Deshalb hatte ich am Vorabend schon einmal vorausgelesen und vorsichtshalber beschlossen, dass es beim ersten Treffen reichen würde, bis Seite 29 zu lesen, bis zum Ende des Abschnitts, in dem Kassandra zur Priesterin geweiht wird und ihre Fähigkeiten als Seherin erkennt. Ich begann vorzulesen. Ich lese sehr gern vor und hatte einige Übung im Vorlesen von Kinderbüchern für meinen kleinen Neffen. Aber dass das Zuhören für mich ein viel größerer Genuss sein würde, hatte ich nicht erwartet. Esther löste mich nach einigen Seiten ab. Sie las ruhig und ohne zu stocken. Und sie las - Hochdeutsch, obwohl sonst ein leicht kölscher Singsang mitschwang, wenn sie sprach. Was für eine Überraschung! Ich lauschte und vergaß völlig den Grund, warum wir uns getroffen hatten.

Tatsächlich lasen wir an diesem Abend bis zur Seite 45. Maria wollte mehr hören, mehr erfahren. Sie saß in ihrem Sessel, die Beine im Schneidersitz angezogen, die Haare verwuschelt, Augen aufgerissen mit roten Backen. Aber Esther und ich wollten es langsam angehen lassen. Es gab ohnehin viele Fragen, viele Figuren aus der Mythologie, die wir nicht alle einordnen konnten.

Und so diskutierten wir eine Zeit lang den Inhalt des Gelesenen, ergänzten Informationen, warfen all unser Wissen über griechische und römische Götter, über Troja und seine Bewohnerinnen, über Achilles und die Amazonen in einen Topf, rührten um, lachten, alberten herum und fühlten uns wohl miteinander. Maria schien jede Scheu abgelegt zu haben und Esther und ich hatten unsere anfängliche Sorge vergessen. Wir drei waren ganz bei dem Buch. Es waren noch viele Fragen offen und wir beschlossen, diese zu sammeln und im Unterricht einzubringen.

Von diesem Tag an trafen wir uns einmal wöchentlich. Wir lasen Maria das ganze Buch vor. Ihr erstes Buch, dessen Inhalt sie von Anfang bis Ende aufgenommen hatte.

In dieser Zeit wurden wir Freundinnen.

Maria K.

Neues erleben

1966 – 1967

Mein Vater hatte ein Stellenangebot von der Bavaria-Filmproduktion erhalten und so zog unsere Familie im Jahr 1966 nach München. Wir wohnten in einem Außenviertel von München in einem kleinen Reihenhaus mit Garten, das die Bavaria unserer Familie zur Verfügung gestellt hatte.

Der Garten und die Natur in direkter Umgebung hatten für uns Kinder und meine Mutter etwas Befreiendes. In Köln hatte ich die Umgebung rund um das Wohnhaus nie verlassen dürfen. Jetzt bewegte ich mich allein im Viertel, freundete mich schon am ersten Tag mit den Nachbarskindern an und fühlte mich – so klein, wie ich war – unabhängig und geborgen, denn im Hintergrund wusste ich um den sicheren Halt, den mein Zuhause bot. Es war ein nie gekanntes Gefühl von Freiheit. Auch mein Bruder und meine Schwester fanden schnell Freunde und waren viel unterwegs.

So war meine Mutter noch häufiger allein zuhause als in Köln, wo wir Kinder immer in der Nähe und abrufbereit gewesen waren. Aber sie wirkte gelöster, fröhlicher. Sie bewegte sich im Garten wie selbstverständlich, als hätte sie, das Großstadtkind, immer schon in Gärten gearbeitet und in der Natur gelebt, kannte sich mit Pflanzen erstaunlich gut aus, fachsimpelte mit dem Nachbarn, der Jäger war, über das Wild und zeigte uns eine Seite von sich, die wir an ihr bisher nicht gekannt hatten. Als eines Tages am Balkon des Nachbarn ein toter Hase kopfüber an seinen Läufen hing, lief ich weinend zu ihr. Sie tröstete mich und begann von ihrer Zeit im Forsthaus zu erzählen. Von den Tieren, die sie gefüttert und gezähmt hatte, und von ihrer Weigerung, das geschlachtete Ferkel zu essen. Nichtsdestotrotz gab es am Wochenende bei uns Hasen zum Mittagessen und ich mochte ihn. So sensibel meine Mutter auch sein konnte, so handfest und pragmatisch war sie auf der anderen Seite. Sie legte Beete an, kochte Früchte ein und sammelte mit uns an den Wochenenden Pfifferlinge im Wald, nachdem sie unserem Vater und uns Kindern erklärt hatte, wie diese aussehen.

Sie reparierte auch kaputte Maschinen oder Spielzeuge.

Heute ist mir klar, dass meine Mutter in München nicht viel Geld zur Verfügung hatte. Warum das so war, verstehe ich bis heute nicht und ich habe versäumt, danach zu fragen. Aber ich denke, nach dem Tod von Eltern tun sich immer Fragen auf, die niemand mehr beantworten kann. Vielleicht lag es daran, dass mein Vater die Wohnung in Köln nicht gekündigt hatte und zwei Mieten pro Monat gezahlt werden mussten. Er hatte sich ein Hintertürchen aufhalten wollen, für den Fall, dass er mit seiner Arbeit in der Bavaria nicht zufrieden wäre. Meine Mutter machte aus der Not eine Tugend. Sie entdeckte Secondhand-Läden für sich und uns. So etwas hatte es in Köln nicht gegeben. Sie kaufte für uns gebrauchte Möbel, die wir selbst streichen durften, wie wir wollten. Das hatte zur Folge, dass ich in den folgenden Jahren regelmäßig meine Möbel immer wieder in meiner neuesten Lieblingsfarbe strich.

Sich selbst kaufte meine Mutter einen alten, zierlichen Schminktisch, in dessen Schubladen sie

Ihre Habseligkeiten verbarg. Er stand im Schlafzimmer meiner Eltern und darüber hing ein ovaler, antiker Spiegel. Sie ließ niemanden an dieses Tischchen heran, weshalb es eine magische Anziehungskraft auf mich ausübte. Darauf standen viele, verschiedene Parfumflaschen und gläserne Zerstäuber. Mein Vater hatte sie meiner Mutter geschenkt. Es verstand sich von selbst, dass sie für uns tabu waren. Ab und zu gönnte mir meine Mutter einen Spritzer und erklärte mir, dass man nie zu viel nehmen dürfe, sondern nur einen Hauch, weil Parfum sonst aufdringlich sei. Ich liebte diese Düfte, die mit dem ureigenen Geruch meiner Mutter verschmolzen. Das Tischchen überlebte alle Umzüge der Familie bis ins Seniorenheim, in dem meine Mutter ihre letzten Jahre lebte. Nach ihrem Tod fand ich in den Schubladen eine Mappe mit Kritiken zu ihren Auftritten in Düsseldorf und Bonn, fein säuberlich geordnet. Es waren überschwängliche Lobes-hymnen im pathetischen Stil der 40er und 50er Jahre auf das „begnadete" Schauspieltalent meiner Mutter, die offenbar nur Hauptrollen gespielt hatte. Ich staunte. Spät. Obwohl meine Mutter mir so viel über ihre Zeit als Schauspielerin erzählt hatte, war mir nie klar gewesen, dass andere sie für talentiert und gut gehalten hatten. Ich schämte mich. Diesen Blick auf meine Mutter hatte ich nie in Betracht gezogen. Neben den Kritiken fanden sich Bühnenfotos in Schwarz-Weiß, Muttertagsgeschenke von uns Kindern und Briefe meines Vaters an sie, die ich nie gelesen habe. Wenn ich eine der Schubladen öffne, entströmt ihnen bis heute der unverkennbare Duft meiner Mutter.

Auch in München nähte meine Mutter Anziehsachen. Sie selbst nähte sich bunte, luftig weite Kleider, die ihr Markenzeichen waren. Für mich nähte sie Dirndl. Die Stoffe durfte ich in der Stadt mit ihr aussuchen. Ich trug die Dirndl mit Stolz und Freude.

Und dann gab es noch den Winter. Echten Winter mit Schnee, Eiszapfen und Kälte! Keinen grauen Matsch, der nach einem Tag schmilzt. Das bedeutete Schlittenfahren, Eislaufen, Iglus bauen. Dem Winter 1966 in München und meiner Mutter verdanke ich einen unvergesslichen Tag. Ich fror. Für solche Minustemperaturen waren wir alle nicht ausgerüstet. Mein Schulweg war lang. Ich ging morgens im Dunkeln etwa 45 Minuten zu Fuß zur Schule – und fror, und fror. Ich fror überall: an den Füßen, den Händen, an den Beinen, den Armen, am Kopf. Es war ein Schmerz, der durch und durch ging und den ich nicht kannte. Es wird nicht lange gedauert haben – aber mir kommt es bis heute lang vor -, dass meine Mutter mit mir an einem dieser Wintertage nach der Schule mit dem Bus in die Stadt fuhr. Dort gingen wir in einen Secondhandladen und ich bekam einen neuen, flauschigen Wintermantel. Als wir nach draußen gingen, fühlte ich Wärme in mir aufsteigen. Aber es ging weiter. Ich wurde Stück für Stück wintergerecht eingekleidet, bekam Mütze, Schal, Handschuhe. Zum Schluss biss die Kälte nur noch in meine Zehen. Wieder gingen wir in einen Secondhand-Laden für Kinder. Dort fand meine Mutter lederne Schnürstiefel für mich. Sie waren mit Fell gefüttert und passten wie angegossen. Das Gefühl von unglaublich wohliger Wärme, als wir wieder auf der verschneiten Straße standen, habe ich bis heute nicht vergessen. Heute denke ich, dass meine Mutter diese Läden vor unserem

Ausflug schon ausfindig gemacht haben musste, zielstrebig, wie sie sie ansteuerte. Am Ende dieses wunderbaren Tages ging meine Mutter mit mir noch in ein Café. Dort bekam ich einen heißen Kakao. Im Dunkeln kamen wir nach Hause.

Die Jahreszeiten erlebten wir in München wesentlich hautnaher als in Köln. Das lag auch an unserem Garten. Im Winter lief ich vor dem Schlafengehen barfuß und quietschend im Garten ein paar Runden durch den Schnee. Meine Mutter meinte, das härte ab. Tatsächlich kann ich mich nicht erinnern, krank gewesen zu sein. Im Frühjahr spürte ich zum ersten Mal in meinem Leben Gras unter den nackten Füßen und ein ungekanntes Glücksgefühl, das in mir hochstieg.

Noch etwas steigerte in diesem Frühjahr das Glück bis zur Seligkeit: Eines Tages packte uns mein Vater ins Auto und fuhr los. Dabei tat er sehr geheimnisvoll. Auf unsere Fragen antwortete er nur, wir führen „ins Blaue". Das war seine Standardantwort, wenn wir Ausflüge machten. Er liebte es, uns zu überraschen. Wir landeten in einer Tierhandlung, wo wir eine kleine Langhaardackeldame abholten. Meine Mutter hatte sich einen Hund gewünscht. Und Schnipp wurde auch ihr Hund. Sie erzog die Hündin, bereitete selbst das Hundefutter, ging mit ihr spazieren und zum Tierarzt, kümmerte sich um sie. Aber sie verhätschelte Schnipp nicht. Wenn wir beim Essen etwas „herunterfallen" ließen, schimpfte meine Mutter mit uns.

Seitdem hatten wir immer Hunde im Haushalt. Und es war immer meine Mutter, die die innigste Beziehung zu ihnen hatte. Unser Vater und wir Kinder spielten und schmusten zwar mit den Hunden, gingen auch mit ihnen spazieren, für die Hunde aber blieben wir Statisten. Sie vertrauten meiner Mutter, ließen sich Dornen und Zecken von ihr entfernen, Wurmkuren verpassen und Krallen schneiden, ohne auch nur zu knurren.

Meine Mutter teilte ihr Alleinsein mit den Hunden.

Maria S.

kochen und essen

1984 – 1986

Esther, Maria und ich trafen uns regelmäßig zum Vorlesen. Jede durfte sich etwas ausdenken, was sie vorlesen wollte. Im Laufe der Schuljahre lasen wir etliche Romane, Erzählungen und Briefe, u.a. von Heinrich und Thomas Mann, Kleist, Hoffmannsthal. Auch Maria las vor und genoss es. Anfangs noch stockend, dann immer flüssiger. Ich denke, sie hatte es vorher geübt, denn sie war ehrgeizig. Immer noch wählte sie keine Romane aus, aber sie schaffte es, Erzählungen allein zu lesen und für uns auszusuchen. So lernte ich durch Maria Hoffmannsthals „Die Briefe eines Zurückgekehrten" kennen, in denen er eindringlich die Gemälde van Goghs beschreibt. Dieser Text ist für mich bis heute untrennbar mit Maria und dem Klang ihrer Stimme verbunden. Auch sie sprach mit einer leicht rheinischen Färbung, bei einer gleichzeitig starken Betonung einzelner Silben. Ihr Sprechen unterbrach sie häufig durch ein verlegenes, lautes Lachen, das sich von ihrem Schluchzen im Botanischen Garten kaum unterschied.

Wir besuchten uns bei diesen Treffen reihum. Und mit der Zeit bürgerte sich ein, dass die jeweilige Gastgeberin auch kochte. Während Esther und ich nah beieinander in Köln-Nippes wohnten, hatte Maria in der Nähe unseres Kollegs eine kleine Zweizimmerwohnung. Sie konnte zu Fuß zur Schule gehen. Unser Englischlehrer, ein hochaufgeschossener, etwas steifer Mann Mitte 40, wohnte in ihrer Nähe und ging regelmäßig an ihrem Haus vorbei. Unter Lachen erzählte Maria, deren Wohnung sich in Hochparterre befand, immer wieder, sie habe seinen Kopf an ihrem Küchenfenster „vorbeibömmeln" sehen. Maria kreierte gerne neue Wörter. Dieses eine habe ich nicht vergessen.

Aber sie erfand nicht nur Wörter, sondern auch Speisen, die sie uns bei unseren Besuchen vorsetzte. Zuhause hatte sie sich immer an Rezepte halten müssen. Jetzt fungierten wir als eine Art „Versuchskaninchen", was ihre Kochkünste anging. Besonders berüchtigt waren ihre

Nachtische, deren Geschmack von grandios bis ungenießbar reichte. Zum Teil war kaum herauszuschmecken, welche Zutaten sie im Einzelnen „hineingeschüttet und -gerührt" hatte. Es waren wilde Mischungen: Zitrone, Chili, Salbei und noch ein Hauch Kaffee in der Crème aus Mascarpone und Eigelb. Geschmolzene Schokolade mit Mango, Pfeffer und Joghurt. Esther und ich waren jedes Mal gespannt, begeistert oder auch angeekelt, was durchaus auch von der jeweiligen Farbe des Desserts abhängen konnte. Auch hier war die Palette breitgefächert, von Schlammgrün bis Rosa etwa. Beim ersten Löffel wartete Maria, die ihre Kreationen selbst schon vorher tapfer probiert hatte, gespannt auf unsere Reaktion. Danach brachen wir alle drei regelmäßig in albernes, nicht enden wollendes Gelächter aus.

An manchen Abenden zog sich das Mahl so lange hin, dass wir nicht mehr zum Lesen kamen. Und an einem dieser Abende begann Maria, von sich zu erzählen.

Wenn wir uns bei unseren Besuchen begrüßten, umarmten Esther und ich jedes Mal einander, während Maria Abstand wahrte und körperlich deutlich signalisierte, dass sie nicht berührt werden wolle. Wir beließen es bei einem freundlichen „Hallo, Maria!" und lächelten. Doch bis zu jenem Abend blieb Marias Berührungsangst ein unausgesprochenes und akzeptiertes „Hindernis".

Sie erzählte von ihrem Elternhaus und ihren Geschwistern, zog weite Kreise um den eigentlichen Kern. Sie erzählte zügig, entschlossen, als habe sie sich fest vorgenommen, uns heute in diesen gespenstischen Abgrund blicken zu lassen. Zwischendurch ihr schluchzendes Lachen. Wir waren hilflos, stumm.

Irgendwann fragte Esther, ob sie noch Kontakt habe. Maria fuhr alle 14 Tage am Wochenende zu ihren Eltern. Auch ihre Schwestern kamen. Zum Kaffeetrinken. „Es ist doch meine Familie", sagte sie.

Zum Abschied berührte sie mich leicht an der Schulter.

Maria K.

lachen und lernen

1968 - 1976

Meinen Vater zog es nach Köln. Er hatte ein Angebot erhalten, als Chefredakteur bei einer Fachzeitschrift für Medien zu arbeiten. Obwohl er uns in München immer begeistert von neuen Produktionen, z.B. vom „Raumschiff Orion" vorgeschwärmt und lustige Anekdoten erzählt hatte, wollte er zurück. Und so zogen wir wieder nach Köln in unsere alte Wohnung.

Aber nach nur einem Jahr zogen wir ins rechtsrheinische Niederkassel. Meine Mutter hatte es in der Stadt nicht mehr ausgehalten. In Kölns Zentrum gibt es nicht allzu viel Grün. Mit Schnipp war sie mehrmals täglich bis zum Stadtgarten gegangen, der überlaufen war wie die Fußgängerzone. Meine Geschwister waren inzwischen 15 und 19 Jahre alt und wollten natürlich in der Stadt bleiben, wurden aber mit meiner Stimme überstimmt.

In Niederkassel wohnten wir in einem Haus mit Garten, direkt am Rhein. Meine Mutter und ich liebten das Tuckern der Schiffe, den Geruch des Rheins und das Rauschen der Pappeln. Da wir Kinder alle weiter nach Köln zur Schule fuhren und die Fahrt über eine Stunde mit Bahn und Bus dauerte, kamen wir noch später nach Hause als früher. Oft blieben meine Geschwister auch in der Stadt, übernachteten bei Freunden, so dass meine Mutter und ich viel Zeit miteinander verbrachten. Inzwischen hatten wir zwei Hunde, Schnipp und eine Rauhaardackeldame, die um einiges frecher war als die alte Hündin. Wir spielten viel mit den Hunden und unternahmen lange Spaziergänge am Rhein entlang. Meine Mutter erzählte oft vom Theater und wie sie sich ihren sehnlichsten Wunsch, Schauspielerin zu werden, erfüllt hatte.

Mehr und mehr schimpfte sie auf die Hausarbeit. Sie habe keine Lust mehr, sich jeden Tag neue Gerichte auszudenken, Kartoffeln zu schälen, zu waschen, zu bügeln. Einmal kam ich nach der Schule dazu, wie sie auf der Terrasse mit einem Schlauch das dreckige Geschirr abspritzte. Sie hatte lieber alle Teller und Tassen in einem Wäschekorb nach draußen getragen, als in der Küche zu spülen. Wir lachten, bis uns die Tränen kamen. Wir lachten viel und oft zusammen. Ein anderes Mal strich sie den alten Küchenschrank, weil er schmutzig war. Sie hatte keine Lust, ihn zu putzen. Lieber strich sie ihn. Einmal im Jahr erhielt der Küchenschrank so ein neues Gewand: Grün, Rot und zuletzt Blau. Sie dachte viel über ihre Vergangenheit nach und darüber, wie sich ihr Leben entwickelt hatte und wie es sich hätte entwickeln können. Mit drei Kindern, so sagte sie, habe sie nicht mehr ihrem Beruf nachgehen können. So oft sie diesen Satz wiederholte, so oft beteuerte sie auch, dass ich ein Wunschkind gewesen sei. Dennoch beschlich mich manchmal das unangenehme Gefühl, der Grund für das Ende ihrer Karriere gewesen zu sein.

Vormittags ackerte sie im Garten oder besprach Tonbänder mit Rollentexten und Gedichten, sang, tanzte und machte Atem- und Sprechübungen aus dem „Kleinen Hey", die auch ich schon auswendig kannte: „Mein Meister freit ein reizend Weib, er meint, es sei ein Zeitvertreib …" Als ich an einem Nachmittag nach Hause kam, stand die Tür der Vorratskammer offen. Darin war meine Mutter, in der Hand eine schäbige, verbeulte Blechdose, die geöffnet war und an der sie roch. Es war ihre alte Theaterschminke. Sie ließ mich daran riechen. Es war ein eigenwilliger, undefinierbarer, fremder, ein bisschen muffiger und süßlicher Geruch nach Fett, vielleicht auch Schafswolle. Ich mochte ihn und rieche ihn heute noch, wenn ich die Augen schließe.

Oft telefonierte meine Mutter auch mit ihrem Bruder Willi, zu dem sie ihr Leben lang ein inniges Verhältnis hatte. Er hatte seinen Traum wahr gemacht. Als Lokomotivführer fuhr er einen Schnellzug, später den Intercity von Paris nach Kopenhagen.

Die Zeiten, in denen meine Mutter allein war, nahmen zu. Mein Vater war nach wie vor beruflich viel unterwegs und auch wir Kinder lebten mehr und mehr unser eigenes Leben. Meine Mutter hatte keinen Führerschein und war so abhängig von meinem Vater. Nur selten fuhr sie mit ihm in die

Stadt. 1972 zog meine Schwester aus, ein Jahr später mein Bruder. Auch ich war immer weniger zuhause.

In den Ferien verbrachten wir allerdings viel Zeit miteinander. 1970 hatten meine Eltern zum ersten Mal für drei Wochen ein Ferienhaus in Dänemark gemietet. Der beste Freund meines Bruders und meine beste Freundin durften mitfahren, während meine Schwester bei ihrem Freund in Köln blieb. Mein Vater war ein unternehmungslustiger Mensch und wir unternahmen viele Ausflüge, nach Kopenhagen, Roskilde, Helsingör, guckten uns kleine Dorfkirchen und Museen an und waren allesamt begeistert. Abends saßen wir zusammen, spielten, unterhielten uns, lachten. Von nun an fuhren wir jedes Jahr nach Dänemark, jedes Mal in eine andere Gegend.

Meine Eltern beschlossen, Dänisch zu lernen und belegten einen Volkshochschulkurs. Hier fanden sie neue Freunde, eine eingeschworene Gemeinschaft, die sich auch außerhalb des Unterrichts traf. 10 Jahre lang lernten meine Eltern Dänisch, aber tatsächlich sprechen, verstehen und schreiben konnte es nur meine Mutter. Voller Ehrgeiz lernte sie von Anfang an diszipliniert und regelmäßig, schaffte sich Vokabelhefte an, sprach wieder Kassetten voll, diesmal auf Dänisch. Sie schloss Freundschaften während der Urlaube und stand in regem Briefkontakt mit ihren dänischen Freundinnen. Sie lernte gern. Sie habe immer gern gelernt, erzählte sie mir und ich erfuhr, dass sie die Schule hatte beenden müssen, weil sie ein Mädchen war. Wieder einmal hatte sie eine Seite von sich gezeigt, die ich an ihr nicht kannte.

Im Sommer 1976 zog ich als jüngstes und letztes Kind der Familie aus. Mit einer Freundin hatte ich eine Zweizimmerwohnung im Friesenviertel gemietet. Alles war gepackt, der VW-Bus stand mit laufendem Motor vor der Tür. Zum Abschied standen meine Eltern vor der Haustür. Meine Mutter hatte Tränen in den Augen. Als sie mein Zögern bemerkte, sagte sie: „Hau bloß ab!" Wir lachten.

Maria S.

leben und lieben

1987

Wir alle drei, Esther, Maria und ich, hatten Ende 1986 unser Abitur geschafft und während Esther zuhause blieb, weil sie ein Kind erwartete, schrieben Maria und ich uns an der Universität zu Köln ein. Für uns beide war es ein Abenteuer. Wie lange hatten wir darauf hingearbeitet, hier zu studieren, und doch fühlten wir uns wie Eindringlinge, die sich zu Unrecht Zutritt verschafft hatten. Maria belegte die Fächer Germanistik und Philosophie. Ich studierte Slawistik und Germanistik. In Germanistik belegten wir zusammen Seminare, um uns gegenseitig Halt zu geben.

Wir trafen uns nach wie vor zu dritt, lasen aber nicht mehr so häufig vor, sondern aßen, tranken und quatschten.

Maria reflektierte ihr gesamtes Tun. Sie wollte „normal" leben können. „Normal" zu leben, war ihr oberstes Ziel. Esther und ich lebten in

149

Partnerschaften. Das schien für Maria in weiter Ferne oder gar nicht möglich zu sein. Zwar umarmten wir uns inzwischen und es fühlte sich leicht und richtig an, aber Sexualität war ein ganz anderes Thema. Maria sprach offen über ihre Ängste. Auch darüber, dass sie schon als Kind nach Auswegen aus der Qual gesucht habe. So habe sie sich zum Beispiel vorgestellt, als Säugling vertauscht worden und eigentlich eine Prinzessin zu sein. Wenn das Essen fertig war, grapschte Maria hastig nach den Schüsseln und schaufelte Berge auf ihren Teller. Irgendwann bemerkte sie, dass Esther und ich uns anders verhielten. Sie schämte sich und erklärte, als Kind in einer kinderreichen Familie habe sie immer auf ihre sonntägliche Wurstscheibe aufpassen müssen. Daher komme wohl ihre Gier, die sie nicht einfach abstellen könne.

Marias Leben war anstrengend. Immer wieder verglich sie ihr Handeln mit dem anderer Menschen, reflektierte sie ihre „Andersartigkeit" und versuchte, sich zu kontrollieren, ihre Ängste zu beherrschen. Schließlich entschied sie sich zu einer

Therapie. Sie erhoffte sich Hilfe von professioneller Seite. Bis heute bewundere ich ihren unbändigen Willen, glücklich zu sein, und ihr hartnäckiges Streben, daran zu arbeiten. Wenn es sein musste, auch mit unkonventionellen Mitteln.

Eines Tages kündigte sie uns an, dass sie zusätzlich mir einer „etwas anderen Therapie" beginnen wolle. Sie habe sich einen Mann „verschrieben". Esther und ich verstanden nicht. Maria war am Vortag auf einem Konzert gewesen. Dort habe sie ein etwa 40jähriger Mann angesprochen. Sie hätten sich den ganzen Abend unterhalten und gut verstanden. Zum Schluss habe er ihr seine Telefonnummer gegeben. Und jetzt habe sie sich vorgenommen, mit ihm eine Partnerschaft einzugehen. Esther und ich trauten unseren Ohren nicht. Wir hielten Maria vor, dass es unfair sei, einen Menschen zu einem Arzneimittel zu degradieren und das solch eine Partnerschaft zum Scheitern verurteilt sei. Aber Maria war fest entschlossen.

Wenige Wochen später lernten wir Heinz kennen. Er war ein sensibler, liebevoller Mensch, der – das sah man sofort – unsterblich in Maria verliebt war. Maria hingegen war nicht verliebt. Heute denke ich, dass sie gar nicht in der Lage dazu war, einen Mann zu lieben und an diesem Defizit am meisten litt. Aber sie genoss die Fürsorge und Aufmerksamkeit, die Heinz ihr zuteilwerden ließ. Sie hatte offen mit Heinz über ihre Vergangenheit und die damit verbundenen sexuellen Probleme gesprochen, so erzählte sie uns. Und Heinz bedrängte sie nicht. Es blieb beim Händchenhalten und – auch das dauerte einige Wochen – Küssen. Heinz war geduldig. Esther und ich mochten ihn dafür.

Im Sommer feierten wir zu viert Heinz′ 40. Geburtstag zusammen am Rhein. Es war ein wunderschöner Sommertag. Heinz hatte Getränke und Essen mitgebracht und wir saßen die ganze Nacht bis zum frühen Morgen zusammen, aßen, tranken, lachten, sangen, schwiegen und betrachteten den Sonnenaufgang. Alles war friedlich. Ein perfekter Tag. Maria schlief in Heinz′ Armen ein, der uns lächelnd zuzwinkerte. Esther und ich verabschiedeten uns.

Wir warfen einen Blick zurück auf das Paar. Maria schien es geschafft zu haben. Sie lebte in einer Partnerschaft, wurde geliebt und wirkte glücklich. Esther und ich waren zuversichtlich.

Maria K.

1977- 1987

sich sehnen und erinnern

Unseren Eltern wurde das Haus in Niederkassel wegen Eigenbedarfs gekündigt und sie zogen in ein einsam gelegenes Dorf ins Bergische Land. Wir Kinder waren entsetzt. Zwar lag das Haus landschaftlich in einer traumhaften Umgebung, auf einem Berg mit weitem Blick ins Tal, aber es gab im Dorf weder ein Geschäft noch eine Bushaltestelle, um der Idylle zu entkommen. Meine Mutter würde nun völlig auf meinen Vater angewiesen sein und nicht einmal allein einkaufen gehen können. Aber Eltern können stur sein wie pubertierende Kinder und unsere schlugen all unsere Ratschläge in den Wind.

Nach meinem Auszug waren unsere Eltern wieder ganz auf sich als Paar zurückgeworfen. Wenn ich bisher nur die Jugendjahre meiner Mutter und meine Erinnerungen an sie als Mutter beschrieben habe, so liegt das daran, dass ich ihre Seite als Geliebte und Partnerin nicht kenne. Es liegt in der

Natur der Sache, dass Kinder ihre Eltern nicht vorrangig als ein sich liebendes Paar wahrnehmen, sondern fast ausschließlich die Rolle des Vaters und der Mutter sehen. Sie selbst entwickeln sich rasant weiter, sind mit sich beschäftigt. Die Beziehung ihrer Eltern ist für sie nur insofern von Interesse, als dass sie innerhalb der Familie funktionieren soll. Heute weiß ich das. Und auf der Grundlage dieses Wissens beschreibe ich meine Eltern als Paar und versuche die Seite meiner Mutter als einer Liebenden zu beleuchten.

Sie hatten sich beim Theater kennen gelernt. Lachend erzählte meine Mutter davon, wie entsetzt sie gewesen sei, als sie ihn bei den Proben zu „Minna von Barnhelm" das erste Mal habe spielen sehen und sich gefragt habe, warum dieser „Schmierenkomödiant" engagiert worden sei. Mein Vater lachte bei ihren Erzählungen mit. Er machte kein Hehl daraus, dass er sie immer für die begabtere Schauspielerin gehalten hatte. Er selbst hatte später als Regisseur gearbeitet, was ihm als einem analytischen Menschen viel näher lag. Mein Vater hatte sich sofort in Marie B. verliebt, schrieb ihr Gedichte und Briefe. Den Erzählungen nach war meine Mutter heiß begehrt, sowohl bei Kollegen als auch bei „Verehrern" aus dem Publikum. Oft war ihre Garderobe nach einer Vorstellung voller Blumengaben. Aber der vier Jahre jüngere Heribert, mein Vater also, ein, wie sich herausstellte, äußerst charmanter und eloquenter Kollege, „überzeugte" sie schnell.

Sie heirateten heimlich, sowohl standesamtlich als auch kirchlich. Ihre Hochzeitsreise machten sie einmal rund um den Laacher See in der Eifel. Sie waren in dieser heimlichen Zweisamkeit äußerst glücklich gewesen. Beide erzählten oft und gern von diesem Tag. In diesem Zusammenhang erinnere ich mich an ein Weihnachtsfest, an dem unsere Familie gemütlich zusammensaß und jeder erzählen sollte, was der glücklichste Tag in seinem Leben gewesen sei. Mein Vater sagte, ohne zu zögern, dass sei sein Hochzeitstag gewesen. Als meine Mutter an die Reihe kam, sagte sie: „Der glücklichste Tag meines Lebens war der, an dem ich zum ersten Mal auf einer Bühne stand."

Im Laufe ihrer Ehe kehrten sich die Rollen meiner Eltern um: War sie zuvor die begehrte, bekannte und umschwärmte Persönlichkeit gewesen, so war es später mein Vater. Meine Mutter geriet als seine Frau und unsere Mutter in seinen Schatten. In großen Runden konnte er sich zum brillanten Alleinunterhalter aufschwingen, während meine Mutter immer häufiger schwieg. Ich weiß nicht, ob sie darüber sprachen, ob meine Mutter ihre Sehnsucht nach dem Theater deutlich artikulierte oder ob mein Vater ihr mit seinen vielseitigen Beziehungen zu einem Engagement hätte verhelfen können. Tatsache ist, dass sie immer mehr die neuen Rollen in ihrer Ehe verfestigten. Mein Vater war beruflich gefragt und unterwegs, meine Mutter blieb allein zuhause.

Meine Eltern waren sehr oft zärtlich miteinander, auch vor uns Kindern. Mein Vater nannte meine Mutter „Möschgen", niemals bei ihrem Namen „Maria" oder „Marie", den sie nicht mochte. Ich erinnere mich, dass er ihr oft Blumen oder ihre geliebten Lakritztütchen mitbrachte. Manchmal sangen sie zweistimmig zusammen oder zitierten spontan Gedichte oder Passagen aus einem Theaterstück. Sie harmonierten miteinander. Später beriet meine Mutter meinen Vater, wenn er beruflichen Ärger oder Probleme hatte. Häufig nahm er ihre Einschätzungen an und beherzigte ihre Ratschläge. Ihre Meinung war ihm wichtig.

Die zunehmende Zurückgezogenheit meiner Mutter in der neuen, selbst gewählten Einsamkeit führte allerdings auch immer mehr dazu, dass sie sich in sich selbst und ihre eigene Welt vergrub. Ich spürte das, wenn wir telefonierten oder ich sie besuchte. Sie beobachtete viel, nahm aber nicht mehr teil. Ob mein Vater diese Veränderung wahrnahm, weiß ich nicht.

Wie sehr meine Mutter in ihrer Erinnerung und Sehnsucht lebte machte ein Krankenhaus-aufenthalt deutlich. Sie musste an der Schilddrüse operiert werden und sollte unterschreiben, dass sie das Risiko, dass ihre Stimmbänder angegriffen werden könnten, akzeptierte. Zwei Tage weinte sie und wollte eine Bedenkzeit. Sie sei Schauspielerin. Ihre Stimmbänder seien ihr Werkzeug. Niemand in unserer Familie hatte diese Reaktion erwartet. Wir alle waren stillschweigend und selbstverständlich davon ausgegangen, dass sie nie mehr Theater spielen würde.

Maria K. und Maria S.

1988

feiern

Meinen 30. Geburtstag im Sommer 1988 wollte ich groß feiern. Deshalb bat ich meine Eltern, tagsüber bei Ihnen im Garten feiern zu dürfen. Ich lud alle meine Freundinnen und Freunde und meine gesamte Familie ein. Viele Kinder waren dabei. Die Tatsache, dass meine Eltern 1980 Großeltern geworden waren, hatte noch einmal neues Leben und Abwechslung in ihren Alltag gebracht. Sie liebten ihren Enkelsohn, den Sohn meiner Schwester, über alles. Oft war er zu Besuch bei ihnen und sie nahmen ihn, als er älter wurde, auch mit in den Urlaub nach Dänemark. An der Rollenverteilung in ihrer Ehe hatte ihr kleiner Enkel jedoch langfristig nichts verändert.

Meine Schwester hatte inzwischen drei Kinder und mein Bruder war Vater von zwei Kindern geworden. Auch Esther kam mit ihrem kleinen Sohn und brachte Maria mit. Es war das erste Mal, dass meine Mutter und Maria sich begegneten.

Ich hatte meiner Mutter viel von Maria erzählt, hatte meiner Wut Luft gemacht, darüber, dass Marias Vater ohne Strafe davonkam, weil seine Töchter ihn nicht anzeigten. Darüber, dass Marias Mutter nicht bloßgestellt wurde, all meine Ohnmachtsgefühle hatte ich bei meiner Mutter abgeladen. Sie hatte wie immer gut zugehört und mir klar zu verstehen gegeben, dass es einzig und allein Marias Entscheidung sei, wie sie mit dem Geschehenen umgehen wolle. Sie war der Meinung, dass man Maria keinen Druck machen dürfe, wie Esther und ich es zuweilen taten.

Jetzt standen die beiden Marien sich gegenüber. Ich beobachtete sie aus einiger Entfernung. Maria lachte. Meine Mutter sprach, machte eine Geste in Richtung Wald, zeigte auf den Hund, lachte. So standen sie eine ganze Weile beieinander. Maria hatte ihr Haar selbst geschnitten, oder sollte ich sagen verschnitten? Es stand ihr gut und passte zu ihr. Die kurzen Haare standen ihr kreuz und quer vom Kopf ab. Sie sah sehr jung und zerbrechlich aus.

Der Tag verlief fröhlich. Wir spielten Fußball mit den Kindern, machten alle zusammen einen ausgedehnten Spaziergang, kletterten auf Bäume und genossen den Sommertag. Am frühen Abend verließen alle nach und nach die Feier. Zuletzt verabschiedete sich Esther mit dem schlafenden Kind auf dem Arm. Maria suchte noch nach ihrer Jacke. Während Esther ihren Sohn ins Auto brachte, stand ich noch eine Weile mit Maria vor der Tür. Sie sah mich nachdenklich an, schwieg eine Weile. Ich wartete. Maria umarmte mich fest. Noch im Umdrehen, während sie ging, machte sie eine Bemerkung, die ich nie vergessen habe „Wenn ich eine Mutter gehabt hätte wie du, wäre mein ganzes Leben anders verlaufen."

Maria S. und Maria K.

1989 – 1991

sterben

1989 wurde unsere Tochter geboren. Mein Kontakt zu Maria beschränkte sich seitdem fast nur noch auf die Uni. Esther und ich hatten mit unseren Familien weniger Zeit, uns zu treffen, und Maria meldete sich kaum noch. Heinz und sie hatten sich getrennt. Wie Maria es mir nach einem Seminar erzählte, wohl einvernehmlich. Eine Partnerschaft ohne körperliche Nähe war für Heinz auf Dauer nicht mehr auszuhalten gewesen und Maria hatte sich, wie sie sagte, einfach selbst permanent unter Druck gesetzt, Heinz′ Wünsche erfüllen zu müssen. Aber ihre Versuche, „normal" zu sein, wie sie es nannte, waren immer kläglich gescheitert, zumal bei ihr der Wunsch nach Sexualität gänzlich fehlte. Etwas nicht Greifbares in ihr, das sich ihrer Kontrolle entzog, reagierte mit Panik. „Wie eine Maschine, die fremdgesteuert ist."

Heute klingt es für mich seltsam, wenn ich erzähle, dass wir solche Gespräche auf dem Campus inmitten von Menschenmengen, in der Mensa oder in Seminarräumen führten. Ich kannte Maria mittlerweile und nahm mir die Zeit, wenn ich das Gefühl hatte, dass sie unter enormem Druck stand. Außerdem hatte ich den Eindruck, dass das Studium der Philosophie ihr nicht guttat. Sie verstieg sich in wilde Theorien, wühlte sich tief in komplizierte Texte über das Sein, die Existenz und neigte dazu, alles mit ihren Gefühlen zu vermengen. Ihr fehlte der Abstand. Das, was sie mir früher über ihr Problem des Lesens geschildert hatte, bewahrheitete sich hier. Es schien mir für sie gefährlich zu sein, sie zu verschlingen. Aber Maria war ehrgeizig und ließ sich von ihren Vorhaben nicht abbringen. In Sprachwissenschaft, wo ich sie miterlebte, äußerte sie eigenwillige Gedanken. Wenn sie sprach, tat sie es stockend, nach Worten suchend. Man spürte, dass sie während des Sprechens ihre Gedankengänge noch einmal überprüfte und reflektierte. Das gefiel mir. Ich mochte Maria sehr.

Es war im Herbst 1990. Esther rief mich an. Andrea, Marias jüngste Schwester, war in E. von einer Autobahnbrücke gesprungen.

Die Nachricht warf mich um. Wir hatten Andrea bei einem Kaffeetrinken kennen gelernt. Sie war die fröhlichste und unkomplizierteste der sechs Geschwister, so schien es, der Sonnenschein. An ihrem Wesen hatte Maria sich immer aufgerichtet. Ihre Beziehung zu Andrea war besonders eng gewesen und Maria war sich sicher, dass der Vater ihre kleine Schwester, die noch zuhause lebte, nie angerührt habe. Ich frage mich heute, wie sie so sicher sein konnte.

Wir erreichten Maria nicht, sahen sie erst am Tag von Andreas Beerdigung wieder. Die Kirche war brechend voll. Der ganze Ort schien auf den Beinen zu sein. Esther und ich saßen hinten und ließen den Gottesdienst samt Predigt wie betäubt über uns ergehen. Der Pfarrer sprach davon, dass Andrea noch im Fallen ihr Tun bereut habe. Die ganze Veranstaltung hatte für mich etwas unglaublich Verlogenes. Draußen warteten wir wie die übrige Gemeinde auf die Familie, die dem Sarg

165

folgte. Wir hatten uns weitab gestellt. Maria ging gekrümmt. Ihr Gesicht war nicht wiederzuerkennen. Grau, nicht Marias, nicht mehr Marias Gesicht. Esther und ich krallten unsere Hände ineinander.

Wir verließen die Beerdigung und fuhren zu meinen Eltern, die in der Nähe von E. wohnten. Dort warteten Wärme und Trost. Wir saßen still beieinander und es gab Raum für unsere Traurigkeit. So empfand ich es und konnte wieder atmen. Meine Mutter hatte Tränen in den Augen. Auch sie mochte Maria.

Maria erholte sich nie mehr von Andreas Tod. Sie fühlte sich verantwortlich, denn Andrea hatte sie kurz vor ihrem Selbstmord noch telefonisch zu erreichen versucht. Aber Maria war nicht zuhause gewesen.

Maria zog sich zurück. Es wurde schwer, sie zu erreichen. In die Uni kam sie nur noch sporadisch. Sie sagte, sie habe einen neuen Freund und deshalb nur wenig Zeit, wich meinen Fragen aber aus. Irgendwann rief sich mich an und bat mich, eine ihrer Hausarbeiten für Philosophie zu lesen und zu korrigieren. Ich war froh, dass Maria sich meldete und nahm ihre Bitte gerne an. Soweit ich mich erinnere, ging es um das „Sein", das „Seiende" und das „Nichts". Marias Arbeit war völlig verworren und unverständlich. Bandwurmartige Satzgefüge endeten im „Nichts". Es war schwer, das, was sie hatte ausdrücken wollen, zu erfassen und in ihrem Sinn zu korrigieren. Vor allem aber hatte ich Angst vor Marias Reaktion. Ihre Arbeit verriet mehr über ihren Gemütszustand, als sie vermutlich zugeben wollte. Ich wollte es vorsichtig angehen lassen. Doch bevor ich sie ansprechen konnte, rief sie mich an und erklärte mir, sie habe die Arbeit bereits abgegeben und ich brauche sie nicht mehr zu korrigieren. Dann sah ich sie nicht mehr.

Esther und ich erreichten Maria nicht. Einige Wochen hörten wir nichts mehr von ihr. Im Frühjahr 1991 rief sie mich unerwartet an. Ob sie mich besuchen könne. Wir tranken zusammen Kaffee und gingen dann mit meiner kleinen Tochter auf den Spielplatz. Maria war liebevoll zu ihr. Ich erinnere mich noch, wie sie kleine Sandkuchen backte und ihr schluchzendes Lachen hören ließ. Sie sah erholt aus. Nicht mehr so angegriffen. Sie erzählte mir, dass sie mit einer neuen Therapie begonnen habe, die ihr helfe. Sie lasse sich hypnotisieren und wisse jetzt, wie Andrea sich beim Fallen gefühlt habe.

Warum versteht man so Vieles erst hinterher? Es war das letzte Mal, dass ich Maria sah.

Wieder war es Esther, die mich früh morgens anrief. Maria war in der Nacht von der Zoobrücke gesprungen.

Der Weg

Nacht
Bist gegangen,
gelaufen, gerannt,
Angst über Kopf.
musste
den weg kenn ich gut
geh ihn
Einfach so?
dahin
nicht der kopf
dahin
beine
maria nicht
geht nicht maria
andere geht
andrea geht
dahin
maria geht
einfach so
dahin
ganz steif geht
dahin
wasserwind
stufe stufe stufe
stufe stufe
stufe
steht
-
einszweimariadreivier
verschwindetfünfsechssieben

plötzlich fällt

dahin

Als meine Mutter vom Tod Marias hörte, weinte sie und sagte: „Jetzt ist sie erlöst!"

Zusammen mit Marias Schwestern lösten Esther und ich Marias Wohnung auf. Maria hatte es uns leicht gemacht: Die Wohnung war peinlich sauber, der Kühlschrank komplett geleert und die Tagebücher, die sie über Jahre geführt hatte, waren verschwunden. Im Gespräch fanden wir heraus, dass Maria alle Menschen, die ihr nahestanden, noch einmal besucht hatte.

Der Flug

Maria, Knochenweib!
Ein Schulterblatt seh ich
Die spitzen Knie
Die sehnigen Hände
Die schmalen Finger
Den staksigen Gang
Erst dann
Der Klang Deines schluchzenden
Lachens –
Seh ich
Dein Gesicht
Das Grün Deiner Augen
Ein seltenes maardunkles Grün
Die Lippen
Die Zähne im lachenden Mund
Und –
Haben die Glieder geklappert
Im nächtlichen Flug
Lass doch den Quatsch
Maria
Wo bist du
Dein Sprung dauert an
Meine knochige Freundin
Maria

Meine Mutter, Maria B, verheiratete K., lebte noch 20 Jahre. In dieser Zeit erfüllte sie eine neue Rolle ganz und gar. Es war die Rolle der „Muma", wie all ihre Enkelkinder sie liebevoll nannten. Kurz nach der Geburt unserer Tochter hatte sie mit Tränen in den Augen an meinem Bett gesessen. Freudentränen.

Als Muma lebte sie auf, fand zurück zu ihrer alten Fröhlichkeit und Leichtigkeit. „Als Oma nehme ich meine Enkel, verwöhne sie, schmuse mit ihnen, genieße sie und gebe sie wieder ab. Für die Erziehung sind die Eltern zuständig." Das waren ihre Worte und die füllte sie mit Leben. Sie genoss es, unsere Kinder, also ihre Enkel zu verwöhnen.

Meine Eltern richteten in ihrem Haus eigens einen Spielkeller ein. Das Spielzeug, oft eigenwillige Dinge, wie ein wackeliges, aber erstaunlich stabiles Schaukelpferd, kauften sie auf Flohmärkten. Dieses nicht gerade hübsche Tier überlebte die oft wüsten Ritte von sieben Enkelkindern. Seltsame Objekte, wie ein Lockkasten, mit dem man die Geräusche von Tieren nachahmen konnte, alte

Bücher mit aufklappbaren Bildern, darunter ein detailliert illustriertes Theaterbuch, fanden sich im Haus. Im Garten stand für unsere Kinder ein Planschbecken. Meine Mutter sammelte die leeren Verpackungen von eingelegtem Hering, den mein Vater so liebte. So saßen unsere Kinder im Planschbecken, überschütteten sich mit Hilfe der leeren Heringsdosen mit Wasser, quietschten herum und tobten. Dazu hörte man das herzhafte Lachen meiner Mutter, das auch nicht endete, wenn sie selbst klatschnass wurde. Bei dieser Gelegenheit erzählte sie mir die Geschichte ihres frommen Onkels, des Pastors, bei dem sie und ihr Bruder sich nicht nackt hatten ausziehen dürfen.

Für ihre Enkel bildete das Haus ihrer Muma und das ihres Opas eine eigene Welt, einen Kosmos. Hier dehnte sich Zeit ins Endlose: Die Muma hörte zu, las vor, betrachtete und bewunderte die selbst gebastelten Kunstwerke und Bilder und – sie sah sich Theaterstücke und Tänze an. Diese Theaterstücke, eigens für die geliebte Muma zuhause eingeübt, sehe ich noch heute vor mir: aufgeregtes Tuscheln, dann eine feierliche Ansage,

Soufflieren, dann in Phantasiekostümen durch das Wohnzimmer schweben zu einer vorher ausgewählten Melodie. Später wurden Kassetten für sie aufgenommen, Konzerte wurden dargeboten. Und nie gab meine Mutter ihren Enkelkindern dabei das Gefühl, sie habe keine Zeit oder sie habe etwas Anderes, Wichtigeres zu tun. Sie erfüllte Herzenswünsche unserer Kinder, eine Gitarre zu Weihnachten, zusätzliches Geld für ein Pony, das im Bergischen bei Freunden untergebracht wurde.

Für ihre Enkelkinder war ihre Muma eine verlässliche, unveränderliche Instanz, in einer Welt, die sich in einem ständigen Wandel befindet. Und für meine Mutter blieben ihre Enkelkinder bis zu ihrem Tod einer der wichtigsten Bestandteile ihres Lebens.

Meine Mutter überlebte ihren Mann, meinen Vater, um 10 Jahre. Ihre letzten fünf Lebensjahre wohnte sie in einem Seniorenheim in Köln, in dem sie sichtbar auflebte und Freundinnen fand. Mit ihrem Bruder Willi telefonierte sie fast täglich. Als sie ihm einmal sagte, sie habe Langeweile, erwiderte der

86-Jährige: „Dann kauf dir doch einen Laptop!" Ich traf meine Mutter jetzt häufiger als in den Jahren davor. Wir erzählten und lachten viel. Hier erfuhr ich auch zum ersten Mal, dass sie als Säugling mit Ziegenmilch aufgezogen worden war. In vielen unserer Gespräche reflektierte sie ihr Leben. Zum Schluss schien sie versöhnt.

Gewiss einen ihrer grandiosesten Auftritte hatte meine Mutter im Jahr 2010: Sie starb. Grau und eingefallen lag sie in ihrem Bett, die Augen halb geschlossen und ab und zu kaum vernehmlich stöhnend. Ihr Spiel war so eindrucksvoll, dass selbst geschulte Menschen ihr die Szene abnahmen. Der Arzt kam zu mir und sagte, ich müsse mit dem Schlimmsten rechnen. Die Pflegerinnen nickten. Aber ich kannte meine Mutter. Ich hatte einen winzigen Augenaufschlag gesehen, einen Sekundenblick zum Publikum: Seht ihr mich sterben?, schien er zu fragen. Und am nächsten Tag stand meine Mutter putzmunter von ihrem Sterbelager wieder auf. „Hat es nicht geklappt, Mama?", fragte ich sie grinsend. „Ich habe mein Bestes gegeben.", war ihre Antwort und wir lachten.

Ein halbes Jahr später starb sie wirklich, im Alter von 87 Jahren. Ich saß neben ihr auf der Bettkante und ich muss sagen, sie war mit Ihrer Sterbeszene der Wirklichkeit brillant nahegekommen.

Ein eigener Raum

Und Gott, der Herr, sprach:
„Es ist nicht gut,
dass das Weib nicht allein sei!"
Und schenkte der Frau
Einen Raum,
Einen Raum, für sie ganz allein.

Die Tür schloss er
leise,
leise (!)
von außen,
dass auch er sie nicht störe
in seiner Allgegenwart.